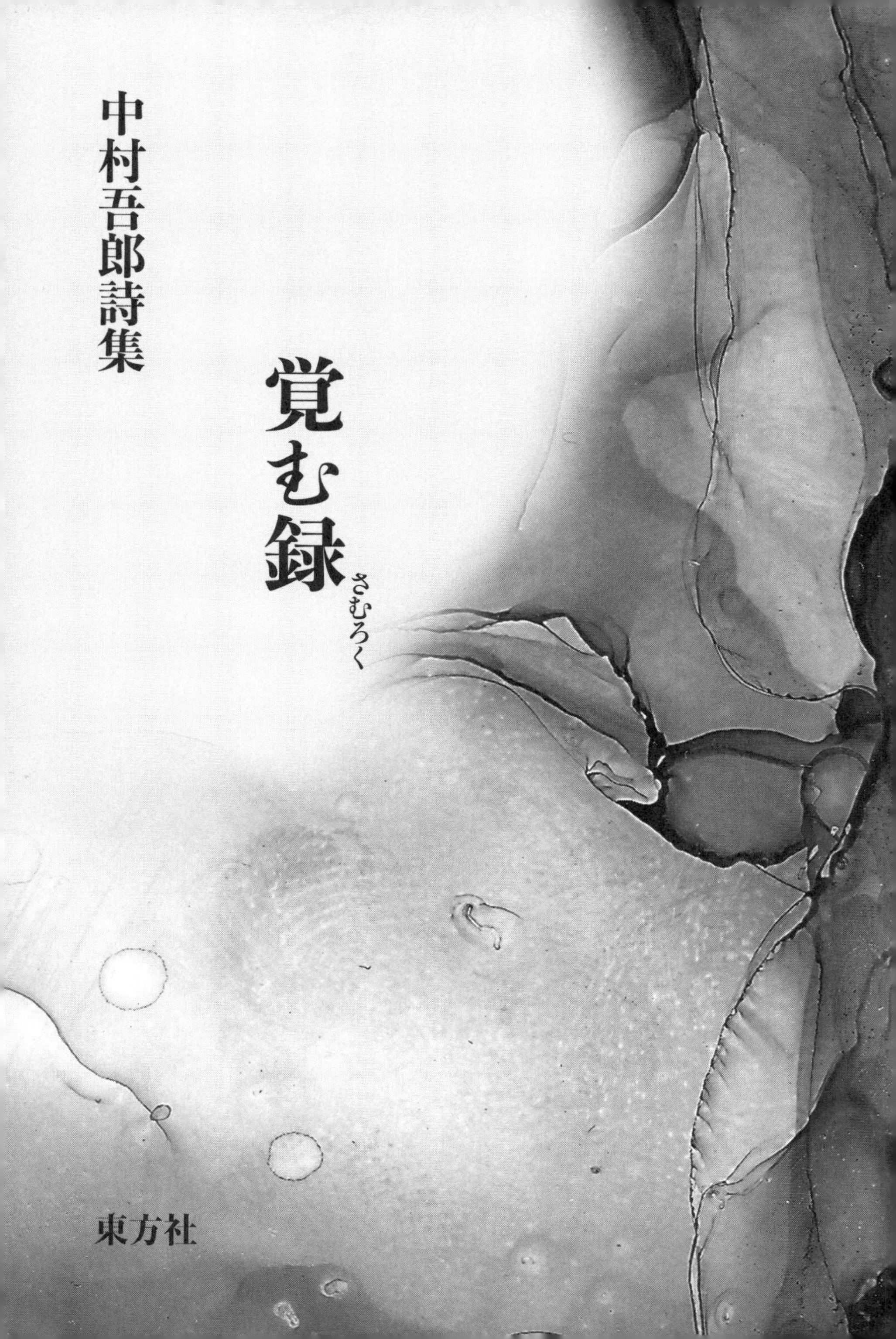

覚む録《さむろく》

中村吾郎詩集

東方社

詩集『覚む録』に添えて

武子和幸

詩集『覚む録』に添えて

武子和幸

詩集『覚む録』は「さむろく」と読むそうです。数字に直せば「三六六」、昨年の十月十一日から今年の十月十一日まで毎日書き続けた三百六十六篇の詩が収められています。

それは日々おのれに行を課する僧の趣きですが、それらの詩篇は、故郷山梨の自然と一つになって、悠然として、澄みきった心境を醸し出しています。

中村吾郎さんは、千才という名前で、芹ゆうなさんと「にこ」という魅力的な響きを持つ二人誌を出していますが、二十一号に掲載された「みなもと」というエッセイを読んで、中村さんの生き方がふと理解できたように感じました。それは、多摩川の源流を訪ねて山梨県の笠取山までの百三十八キロを遡る旅の記録です。そこにも求道者の面影が漂うのですが、ついに辿り着いた水源の描写はとてもこころを打ちます。

〈一面の積雪ですが妙に暗い風景です。（略）やがて広葉樹の中で静かに明滅するささやかな流れを見ました。岩は少なく小石が多く、朽ちた落葉の底に深く沈んだ流れです。〉

そして、最後に、その流れは〈やがて人々のいのちの内に　還ってくるんだ〉と結んでいます。

中村さんは、そこで見た水源が決して川の始まりではなく、限りなく循環する水の流れの地上に現れた一瞬間に過ぎないということを伝えたかったのではないでしょうか。自然の奥へ奥へ、底へ底へと辿りながら、こころの内奥、いのちの内奥に連なる水源を見つけ出そうとしていたように思われます。

みえない　かぜにそよぐ
みえない　月日をなげく

草の葉に似て　ゆらりと
たじろぐ身の　わたくし

ここには自然の根源的な力を全身に受けて立つひりひりするような剥き出しのいのちがあります。
また、「みずかがみ」もこころに静かに染み込んできます。

近付いては
とおざかる
人の往き来

黙って映す
影は重なり
往き過ぎる

淡々と笑み
満々と讃え
淀み浮かぶ

中村さんは、小学校で教えを受けた中川真先生の〈われいがい、みなしなり〉という言葉を今も大切にしています。

この詩も、水が、過ぎてゆく森羅万象のすべてを黙って映しているように、人も、小我を捨て、すべてを受け入れ、豊かなこころで讃えたいという願いをうたっています。底流から、教えが高い響きで聞こえてきて思わず耳を澄まします。こころの洗われるような詩集です。

詩集　覚む録※目次

覚む録

甲斐の　久奈原

みえない　かぜにそよぐ
みえない　月日あらたに

草の葉に似て　ゆらりと
奮い立つ身の　ゆめ一つ

槻の梢を　鱗雲がわたる
その上に　紺碧が広がる

（十月十一日　笛吹川）

柴のままに

岸から先へ
わたる川風
ゆるやかに
やすみなく

五百年の春
すすむ流れ

今も重なる

柴並木の秋

（十月十二日　二ヶ領水）

一は百・億に

ひとり一人が
六十億の人に
ひとつの国が
百二十の国に
連続している

とは本当です
と実感の今日
一般社団法人
国際交流の会

例年のつどい
英語　ドイツ
フランス　ロ
シア　中国語
和訳など失礼
と痛感した日

（十月十三日　詩人クラブ）

親しい　友の名

こうして　この川岸
何十年が　過ぎたか

これから　こうして
幾十年を　誓いつつ

かわらず　季節の朝
いくたび　季節の昼

迎えては　手に手を
親しき友　春月夏日

（十月十四日　多摩川）

アワダチソウ

小粒の　葩が
並びます
太陽に　近い
黄色です
好きです
と　人は言い
嫌いです
と　人は言う
葩という字を
書いたのは
旧い　くせを
問われて
今も続いて
いるからです
これからは
くせの葩から
個性の花よと
呼びましょう

（十月十五日　労災病院帰り）

水源　涵養林

白い　陽ざし
白い　日かげ
白く　波立つ
水に　願いを
幾度　今日も
白い　冬の日
来る　前の日
葉が　残る林
笛吹川　上流
瀬音に　祈り

（十月十六日　日原川）

いきかえり

往けば
返る紙
かならず
いつでも
送ってあげる
送ってくれる

細長い
紙の袋
だいじで
たいせつ
メールと一緒
忘れない手紙

（十月十七日　出勤・帰宅）

光と涙

—十人抜き—

鋼　燃える　闘士
巌　砕ける　鉄槌
魂　白熱化　魂魄

一心　自在に　跳躍し
全身　懸命に　荒ぶる
攻防　激突の　古武道

対決　満場　昂揚
勝負　判定　至難
「や止めッ」「引き分け」

（十月十八日　村山道場）

一面夢ばかり

かつて小学生
泉と聞いたり
宝庫と言った

家になかった
買えなかった
確かに泉と宝

教養のようで
趣味のようで
本を今書店で

知識の宝庫で
知恵の泉だと
今も願いつつ

自身狭い書庫
児童に似た夢
ばかり溢れる

（十月十九日　住吉書店）

同じ流れに

今日　来て
また　伝え
今日も書き
またも描く

とどめなく
かぎりない
書きつづけ
数百年来の
流れに似て
描きつづく

残すことや
伝言あまた
書き描いて
流れに眠む

（十月二十日　向河原）

伸縮

きざはしの
近く遠い先

各駅停車の
支線住吉駅

時間を惜しむ目
時間を見ない目

日日の目線
緩急の往復

きざはしの
伸びて縮む

（十月二十一日　住吉駅）

川岸の　遠い味

ひそやかな流れ
岸の缶コーヒー

あわい水の　味
来て　よかった
この日は　安閑
過ぎた人へ憧れ
遠い月日の味だ

水出しコーヒー
知らない川の源

（十月二十二日　宿河原）

未来っ子
——チャイムが鳴る前——

声は大きすぎ
言葉は早すぎ
聴きとれない

大勢が交じる
休まない校庭
動きつづける

目的は様々で
人それぞれで
一定ではない

けれど変わる

中止はしない
遙か次へ次へ

（十月二十三日　住吉小学校校庭横）

いろ　色
―人々の季節―

白い　と言い
黄色　と言い
紅い　と言う
秋の　陽射し

想い出　涌き
期待を　籠め

いろは　いろ
いろ　あって
冬の　前の色
次の　春の色

（十月二十四日　秋の等々力緑地）

只・只管

粗々と　一緒

やっと　脱稿

晴れて　一瞬
窓外を　望む

テーマ　決め
メダカ　二尾

今宵も　十枚
短編の　小説

軽くて　重い
一週間　経過

（十月二十五日　国際交流センター）

かすかな　うたごえ
―境川の　桜並木―

水面に枝をさしのべる
さくらの木の葉はない

見えない花だけでなく
青い葉虫や白い蝶の影

境川は黙ってただ流れ

みずもに枯れ木をうつす
微かに小学校の窓から
そんな児童の歌うこえ

雨のなかを駈けてゆく
また明日があるだろう

（十月二十六日　千葉新浦安）

なみじはるか

――昭和三年十月の山本周五郎――

ふたつの港町
それぞれの町
かどに沿って
流れ進む境川

漁船の先には
江戸川の波風
音が枕辺近く
響く船宿一軒

吉野屋さんに
住む山本青年
青べかの舟と
一緒の一年半

貧しさの波に
押され旅立つ
新た青雲の朝
向かう日本橋

船宿の窓辺に
東京湾の陽光
昭和は移って
今豊かな港町

（十月二十七日　千葉県浦安）

ポートタワー

浜につづく段々畑

そびえたつタワー

遙かに淡くかすむ

房総半島のみさき

眼の下の白い海に

どれほどの願いを
繋いできたことか
青春前期の遠い日
目の雫がまた滲む

（十月二十八日　千葉みなと）

初日　二日目

花に香はなく
鳥の声もない
風音さえ忘れ
日暮れの孤影

葩花の枝陰を
水鳥二羽渡る
羽風に誘われ
西日も高々と

（十月二十九日　今井川）

にごり川

白い陽ざしを集め
流れは音を反して
淡く染まってゆく

ひとすじに進んで
まっすぐに落ちる
休みなくひかる水

川辺を遠く歩いて
笛吹岸に一人立ち
願いつつ来た今日

川の名が希みきた
本当の意味を知る
白い陽ざしの濁川

（十月三十日　濁川）

山から　届いたメール

——甲斐の山と丘シリーズ——

こんなに　遠い遠い山奥まで
重い荷物を　いっぱい背負い

よくよく　おいでくださいました
思えば　感謝の涙がこみあげます

ああ　そうでした
杉の木立に　包まれて
ゆめまた　ゆめですごしましたね
東京から　こんなに離れた深山の
知らない谿谷に　きて
どうしてゆめで　あえたのでしょう
とても　不思議でしたね
あの世の　父とお母さん
わたくしとあなたの　大切なお二人
感謝しないで　いられませんから
はるかな　お二人のお陰さまですね

重い荷物のなかは　詩の本ばかり
わたくしのために　書かれた詩が
ゆめにあふれて　いっぱいでした
ようこそ　こんなに遠い山家まで

（十月三十一日　西沢渓谷）

「ゆめみがさき」

十一月一日
一がならんだ
出発を意識すると気力が涌く
スタートだと念じ勇気が湧く

生きる力　加わる加瀬の山へ
一人で決めて　一人で登った
陽の光に向き　右がたま丘陵
たまは多摩とも　玉とも書く

鶴千年亀は万年　左が鶴見川
その中ほどを夢見ヶ崎と言う
五三一年の昔　太田道灌さん
ここに築城を決めた　加瀬城

けれど一夜の夢に鷹が飛来し
兜を鷲つかみにされたと言う
夢判断の後　竣工した江戸城
世が世ならば川崎市千代田区

「ここが要所であったかな」
ゆめ路を辿りつつ夢見ヶ崎へ
名も無い朴念仁だが夢の内で
道灌さんの遺志だけ思い出す

（十一月一日　加瀬山・夢見ヶ崎）

つねづね　一途

また　ながれる
きのう　ながめ
その前　ながめ
以前もながれる
つねづねいのち

二ヶ領水の流れ
江戸の時代から
明治へ　大正へ
昭和へ　平成へ
流れきたいのち

同じ水ではなく
同時代でもない
けれど　いつも
同じ流れに似て
いのちは一途に

（十一月二日　二ヶ領水）

飛翔

朝の空を　鳥が飛ぶ
緩やかで　鈍い動き
羽や尾も　空の広さ
風の強さ　と比較し
あまりに　弱々しい

が地上に　降りない
前の前へ　急ぎ飛ぶ
そうして　いないと
地に落ち　果てると
祈りたい　羽で飛ぶ

飛ぶ鳥に　夢を重ね
わたしも　進むのだ
わずかな　前進でも
風を押し　力の限り
限りなく　先の先へ

（十一月三日　晴　等々力緑地）

葩と木阿弥

一輪葩開き
一枝の芳香

一刻瞥見し
一瞬覚める

人々の誘《いざな》い
歓声を呼ぶ

　人に届かず
　吾が木阿弥

（十一月四日　今井川）

風　広場

四面八方
各国諸州
文字言葉
国際交流

話し声がする
あふれる笑顔
芝草のベンチ
海外から参会
ただよう希み

空を飛び
海を渡り
吹き寄す
風も握手
交流広場

（十一月五日　国際交流センター）

並木の春秋

遠く　影もなく
花の　微風を
包み　入れた
青葉の　繁みも
すでに　ない
褐色の　櫻樹

根元に二・三枚
枯れ葉が落ちて
季節はすっかり
過ぎてしまった
ふと岩陰に芝草
紅い葉が揺れる

（十一月六日　千葉・浦安）

秋　望

雨はやみました
陽が差しました
涼風が渡ります

もう秋ですけど

穏当な早春です
そう　それは今
私の　こころが
余り　ゆたかで
希み　あふれて

その思い高鳴り
うきうきとして
心嬉しいのです

（十一月七日　等々力緑地）

中州　小島

川の流れの中に
デルタがあった
洪水のたびごと
流れが変わった
ある年に中州は
小島に変わった
村人は　名づけて
川中島　と呼んだ

また洪水になって
荒波が押し寄せた
中州の小島は消え
今は知る人もない

（十一月八日　笛吹川上流）

それぞれの　日月

陽は　照り
雨も　降る

雨が　止み
陽は　射す

それが　毎日
そんな　一日

そんな　毎日
それも　歳月

そして　五年
やがて　十年

繰り返しまた次も

また次も繰り返す
晴れればいいと言い
時どきは雨がと言う

（十一月九日　川崎ブレーメン通り）

案内板

〈空〉　と
貸し駐車場
〈空〉　と
マンション
広い　空も
そうなのか
空腹　など
どうなのか

（十一月十日　川崎・小杉ビル街離れて）

有無　否応

発車音が響く
電車がうごく
音は響かない
急に始動する
予告する電車
いきなり人生
甲斐一宮から
工都の川崎へ
なんずらかナ
不思議な始終
遠々と近々と
五十年の時空

（十一月十一日　立川駅）

振り返る

多摩川岸
わが家は
遠々と影
屋根の上

雲が靡く
雲の上に
空が開く
空の上を
風が渡る
その上を
時が移る
往く時代

地上の私
あるいて
一歩一歩

（十一月十二日　二子玉川）

秋の空に　緑の香

昨夜来の　窓
薄陽が射した
朝の　景色が
広がっていく

遠い　クラクション
高架線を走る電車音
夜明けの響きに高々
窓にうち寄せてくる

「今日も変わりないのか」
わたくしの日常が窓に映る
と　長い髪の淡いスーツが
緑の影を残し　通り過ぎた

自転車に乗った　朝風だった
その後に　緑の香があふれた
はるかな　多摩の川原上空に
なにかが変わる　陽が昇った

（十一月十三日　川崎・木月の町から）

どうして　いるのか　駅

トンネルの　向こう
七つ　八つ　九つの
山を越えた　その先
さわやかな風と一緒
おだやかな　陽と光
ほとんど　自身を語らない
微笑を　悲しみにかえない
峠道の　風と光の中のひと
想い浮かべる　たびごとに
こころやすらぐ　人が住む
この山の向こうの町
じぶんのままでもいられる

この峠の西がわの町
ゆめから覚めた朝のような
山のふもとの駅に　逢える
山なしの駅が近づいてくる
（十一月十四日　中央線・勝沼　ぶどう郷駅へ）

白の　境川

水面は　白く
かわ波も　白
白い陽射しに
白い風が吹く
落葉樹の並木
歩いて来る人
マスクも白い

ただ岸の古木
青空を待つ日
（十一月十五日　新浦安・境川）

つっと

新たな　作品
新たに　作る
平凡　だけど
新生　新鮮で
これまでない
新しい　希い
新しい　詩を

今日　からは
今日　こそは
作っていこう
一歩　進めて
僅か　開こう
つと　決めて
つと　始める
（十一月十六日　川崎・千歳の名刹で）

甲斐　水源

この秋の
この紅白
風に誘われて
陽に染められ

多摩川を
くだる漣
古里・甲斐

水源から今へ

（十一月十七日　多摩川橋）

スカイ・プレー

シルバー

西から　流れる銀色
川風が　寒くなった
夕暮れ　二ヶ領用水
上空を　飛行機一機

東から　西へと飛ぶ
機体は　銀色に輝く
雲間に　未だのこる
ひかり　集めて光る

大気の　時間を背に
夕闇の　限り向かう
残照を　全体に受け

（十一月十八日　二ヶ領水・武蔵中原岸で）

風流名床屋さん

声は朗々として
それでおだやか
黙っている顧客
だまったままで
にこやかに応答

世渡り名人とも
為事の達人とも
対応は悠々とし
仕事はこまやか
緩急親切の折々

（十一月十九日〈ダンディー〉）

のぼり・くだり

川は　どこでも
くだりざか

坂道は　いつも
のぼりざか

くだりの川岸と
のぼりの峠

どちらに希みと
愉しみとが

あるかを知らず
また今日も

山のふるさとは
さかばかり

（十一月二十日　鶴見の矢作川）

いだやまの　まなびや

まどの　むこうには
いだの　やまとおか
ちかく　やはぎがわ
なだかい　まなびや
れきしの　まどべで
よくまなびますよう

限りない今日　明日
明後日…どこまでも
健やかに　学ぶ人々
井田の山ちかい学校
イだの山と学びの窓
望みつついつも願い

（十一月二十一日　川崎・井田山）

水に祈り

古い石垣の下
明滅する一筋
そっと流れを
薄日に見せる

三百九十年前
この二ヶ領水
とは告げない
寡黙な水の光

ただ東へ辿る
人のいのちの
先の先へ進む
凪に祈りつつ

（十一月二十二日　今井橋の袂）

おちばみち

翔んで
舞って
ゆらり櫟
はらり槻

ちるおち葉
ふる葉と葉

そよろ
ひらり
かぜの音
ゆれる枝
うつる季節
すすむ月日

（十一月二十三日　矢作川・楢林）

翅に　陽射し

風は吹いていった
夏は渡っていった
水木の葉に揚羽蝶

葉も羽も動かない
折れた羽に陽射し
どこまでも静かに

甲斐の蝶を追った
幼い日から幾十年
晩秋に私は羞じて

（十一月二十四日　鎌倉・骨川）

ウインター　ハズ　カム

――主治医・岡野先生ご長女へ――

しも月の　月ずえも近く
まもなく　しわすになり
寒い日が　おとずれます
でも冬は　元気が湧いて
寒さには　負けないから
寒い朝は　ファイト一番
そう思い　愉しいのです
冬はまた　心に残ります

甲斐の　里山を望んだり
房総の　海辺から遠くを
見たり　屋内にいないで
外出は　うれしいのです
寒い家　山家生まれの私
冬には　自身へ還れます
どうか　新しい年を前に
新たな　計画・前進こそ

（十一月二十五日　中央本線塩山駅で）

ながれ　は　さきへ

かつて　みず岸を紅く染めて
ながれ　下っていた二ヶ領水
いまは　ふかみどりにかえて
燦めき　夕空にかえしている

みず面に　うつる空のふかさ
その日の　雨の響き　風の音
かさねて　まだら色にこめて
なに一つ　なかったかのよう

その日の　失敗をいつまでも
おもいの　岸に留めていては
ならない　のだと自身に諭し
ながれを　強く見つめている

花ひらく　きせつは遠く移って
広い空の　時季がめぐってきた
この後は　心の空も見あげつつ
青い雲の　後をおいかけてゆく

（十一月二十六日　二ヶ領水取り入れ口）

笑みを反す水かがみ

とめどもなく
流れる　甲斐の桂川
葉陰の　澱みの水へ
止まって　映した

ふしぎな　自らの顔
わらって　見せては
葉陰に　のこした

水藻に　陽が照り
岸辺の　風は和ぐ
あまりに澄む川の瀬
秋の時間は深いので

ながれは止まり
光を反して
目に残してくれた

えがおを置いたまま
潭みから　遠ざかる
振り返り見た　淀み
日の光が笑顔を反す

（十一月二十七日　中央本線上野原）

ひとふし

想いに　浮かぶ
西行の　一ふし
嘆きつ　励ます
わが心　前途を
一刻も　休まず
つねに　前進へ
心なき　身にも
あはれは
　知られけり

（十一月二十八日　鶴見川支流・江川で）

夜みち

車　六台用
が　今三台
雨は大降り
裏の駐車場
人々は働き
まだ帰宅前
夜　十一時
外燈に感謝
しつつ帰る
夜道を急ぐ

（十一月二十九日　木月伊勢町駐車場）

大倉山《おおくらさん》

山頂を望む
小高い山を
名は大倉山
池が広がる
左岸からは
右岸へ渡る
橋が見える
樹木は豊か
常緑の枝葉
大倉さんが
人を集めて

出資を重ね
築いた小山

人集め出資
できないが
石を担いで
岩を積んで
造る人の内
作り手の内
一人になり
たいと思う
これからは
今日からは
守る人の内
一人になり
たいと願う

枯れ落ちた
欅葉一抱え
護美のよう
紙箱五個と
包装紙六枚
拾いあげて
鞄にいれて
ありがとう
ございます

大倉さんの
山をくだる
右に左に坂
道をくだる

（十一月三十日　大倉山）

ひとりごと

こののちは自ら
執筆するばかり

誰かが書いた本
その中にない文

目指すことわり
納得する生き方

そう　これから
自身で書きだす

（十二月一日　国際交流図書室）

並木の空

海ではない

遠く深々と
一面鮮やか
ふるさとにない
海の色ではない
梢の先の未来だ

自在に巡る
枝々の編目
向こう広々
ふるさとに似た
海よりはるかな
希みの空がある

（十二月二日　横浜日吉森林公園）

二の字の川

かれ葉二枚
かる鴨二羽
羽音たかく

飛びあがる
水しぶきが
陽光に散る

流れの矢先
一羽が降り
一羽は往く

川風が渡る
わくら葉が
二枚流れる

（十二月三日　二ヶ領水）

水の月日

白い水面
白い雨粒
降り頻る
今別れて
今忘れる
江川水流
月日の先
希みの先
水は一刻
日は今日
その水の
幾年月日

（十二月四日　井田山麓・江川で）

季節の前

川風が来る
季節の直前
枯葉が二枚
並び流れる

江川の水面

うれしくて
かなしくて
二人ぶんの
溜め息二つ

（十二月五日　井田の江川岸）

ひと待ちがお

かぜが　押す

満ちる陽射し

波の長閑さ

漂い始める

誰も押さない

川原岸公園に

ぶらんこの

揺れる　音

（十二月六日　多摩川南岸）

鉄柱に残る日

上り線下り線
希み溢れつつ
常に発車した
日日出発した
先に一喜一憂

今も　矢向駅
鉄柱の　表示
声なく切切と
呼び掛け来る
望みを籠めて
四十年後の駅

（十二月七日　南武線・矢向駅）

ひとときの味は

缶コーヒー一本
早朝の並木みち
昇る陽に向かい
仰ぎつつ味わう

朝の味が広がる
今日一日の幸運
気配があふれる
脚を速めて東へ

（十二月八日　法政の時計台遠景）

呟き

頻りと首振る
川辺のもみじ

いやだいやだ
帰って来うし

忘れたままの
甲斐の月日が

（十二月九日　甲斐・田草川）

風・心

おうとつの風

浮きしずむ心

あらだった夕

さわやかな風

すずやかな心

なだらかな朝

（十二月十日　矢上川岸）

日だまり

日だまりの陰に
遠いなさけがある
日だまりの光に
遠いいのちがある

若い　歳月
子へのなさけ　と

子に寄せるいのち
別れを　惜しんだ
若い　はは

はるかなえがお
ゆらめく日だまり
幼い弟が願った
待つ日は今も遠い

（十二月十一日　加瀬山にて）

万力林

遠い林で
万年の心
呼んでみた

遙か陽射し
澄む水流
朗々と瀬音

人と時の林
南根津橋
笛吹川の岸
瀬を見つつ

心鎮める
明日の自身

人々が古今
辿った道
万年の川岸

もう一度
日々前へ
決めて歩む

万力林の
高々太い松
掌で誓った

（十二月十二日　甲斐・万力林）

いろどりの　日

日が　かげって
今日の　流れは
黒々　遠ざかる

日頃　白い川波
はるかな　先を
目差し　消える

時と　水の流れ
日ごと　色取り
変えては　一途
朝が待つ　東へ

（十二月十三日　江川岸）

自　責

――ある空間――

息苦しいので「ああ」と言ったら
振り返り　顔をしかめられ
押されて　よろけながらに
鞄に触れたら　にらまれた
背中に当たったら　怒気を浮かべ
靴に触れたら　踏み返された
落とした傘を　拾い上げたら
「この！」　と血走った目をした
苦しさが昂じて　息ができなかった

やっと自分の脚で立つことができた
多摩川の駅に降りたら人心が戻った

あれはみな自分のせいだった
満員電車のせいではなかった

（十二月十四日　通勤途上で）

今日の　二題

（一）　過ぎる

時は
音もなく　過ぎてゆく
年は
慌ただしく　過ぎてゆく
歳は
大波瀾でなかなか過ぎない

（二）　遠　望

白い壁の　現在
グレーの　以前
茶色に似た昔日

永遠は
大空の色
仰いで
遙か望む

（十二月十五日　八丁堀で）

駅から　駅へ

越中島
駅へ　着いた
さあ　前進だ
今から
新たに
超えて　往く
幾つも
爲事の　峠を
何を　見ても
作品に
一生涯
表現の　爲に

（十二月十六日　京葉線越中島駅）

ことなるあさ

音もなく廻る
長い針は回る
いつも確かに
時計の文字盤
はりは遅々と
回らない今朝
窓の外は曇り
風が吹き始め
雨も降りそう
受診順を待つ
冬初めての時間

（十二月十七日　早朝の内科医院）

或る位置

一本の窓の桟
白々とひかる
日はかげって
冬の日も夕方
それでも輝く
仄かな確かな
一本線の位置
まばたき一つ
はっ　と甦る
確かないのち

（十二月十八日　多摩川・丸子）

多摩遺跡

見上げる
見下ろす
いずれも
交差する
遠い視線

去る年月
来る月日
岸の史跡
森の古墳

無言の声
聴いては
伝えたい
長しえの
ことの葉

（十二月十九日　多摩川・丸子）

なみ様《よう》

寄せる
砕ける

舞って
消える

寄せて
砕けて
舞いつ
さ迷う

なおも
漂って
ゆくえ
ない波

波より
いく多
流され
漂う私

（十二月二十日　浦安・境川）

きざはし

わずかに　ふりむいた
ちょっと　ふりかえる
いつもの　あこがれだと

おもって　あゆみとめた
いつもの　のぞみだが
いそいで　ゆきすぎた
それでも　いいあさかぜ
いちにち　いさみあふれ

（十二月二十一日　新浦安駅）

なぎさ

―多摩川南の岸辺―

みえない
何もない
けれども冬空

何かある

風と
雲も
光と
陰も
希み
憧れ
勇み
奪う

そのかみ
望みみた
笛吹川岸の空

遠くなる

（十二月二十二日　多摩川）

塩のご縁

麓の過去は　峰に続く

峰の杉は　首を長くし
松は曲がった腕を伸ばし
山頂の風は　声を高め
山路は思い一途に整え
訪れを待っていたのだ

塩の山に　つづく
塩の道が　あった
岩塩を掘り出した
笛吹川　東側の岸
戦国期以来の　道

この道は　さきに
風の　古里がある
川原瀬音に呼応し
東岸は並木の枝々

こい来い　手招きして
まだか未だか　と叫ぶ
甲斐・塩山　麓の古里
雲は　既に三十年余り
会えないで　今訪れた

お久しぶりです風先生

（十二月二十三日　塩山駅で）

みなも　みなぞこ

風落ち　ふかぶか甦える
みず鏡
なにも　動いてはいない
けれど
なにか　動いてやまない
みな面
みな底

おそい秋の葉もない季節
移ろいに沿う　二ヶ領水
どこから　来て
どこへ　往くか
たずねる何人がいたのか
江戸初期から　水の流れ
知らないまま　たたずむ
私の影
映して

（十二月二十四日　二ヶ領水北岸）

遠山

蜂城の山颪
寒風の町で
缶茶を啜る
冷たい　が
旨い　香り

そんな言葉はない
けれど「裏富士」
と　山梨側を言う
静岡側が　表富士
と　言うのだろう
茶畑は表で裏には
なく風が香を運ぶ

蜂城は無名
日本地図に
見えないが
古里の風を
きっと送る

（十二月二十五日　塩山駅）

忸怩

なにも　ない
わくら葉　の
一枚も　なく
枯木が　枝を
さしのべ光る
岸の　忘れ路

瀬音は　なく
波立ちもない
黙々　流れる
四百年来　の
遠くて　近い
二ヶ領の　水

流れに　比べ
あくせく　と

多く語っては
実り　少ない
幾十年の　私
水面を　望む

（十二月二十六日　二ヶ領水）

風新た

白い陽
白い風
透明な
冬の朝

甦りつ
時間の
歩みが
始まる

（十二月二十七日　法大東方の街）

至りて先

――みずからのハートへ――

常に不言
常々実行
確実前進

屹度成果

ゆるやか
おだやか
変わらず
いつでも

自ら見る
自ら知る
たしかな
自分自身

休まない
急がない
怒らない
迷わない

あと百年
まだまだ
百四歳に
至るまで

（十二月二十八日　二ヶ領北岸）

風に　そよぐ　とき

見えない流れに　そよぎそよいだ
なにかを見ては　なにかを思った
いく日か暮れて　いく夜が明けた

なにができたか　なにをしないか
なにが風であり　風でなかったか
考えるまもなく　ゆらめきそよぐ

（十二月二十九日　多摩川で）

遠い品

長蛇の　列
延々　並ぶ
順番　待ち
届ける　先
王さんの国
海外へ小包

年内の　礼
礼に　篤い
師に　一品
礼を　送る

また王さん
顔が浮かぶ

待ち　待つ
郵便物受付
お礼　一心
遠く　願う
念い　籠め
さもない品

（十二月三十日　中原局）

ねがい日

くもり空
年のくれ
あわせて
歳のくれ

静かに今
日日多忙
連続の夕
ここまで

この日も
間もなく

この年も
ほどなく

遠ざかり
新たな日
新たな命
迎える爲

願いつつ
静かな日
静かな夕
おくる私

（十二月三十一日　二ヶ領西岸）

きしべののぞみ

目を　見開くと
陰は　また光り
目を　細めると
光は　また笑う

漣は　あまたの
遠い　また近い
数々　おもいで

玉川　今多摩川
岸辺　空と希み
皆様　世々人々
幸運　祈ります

（二〇一九年（平成三一年）一月一日　年賀状―多摩川東―）

冬の友

斬く　あえた
梢に　晴れて
広びろと　空

訪れる　風が寒い
川を　吹き渡って
樹に　登ってゆく

さらに　深く澄む
空は　孤独のまま
はじめて　知った

日乃川の　空
春まだき　岸
惜別し　歩む

（一月二日　日乃川）

四方津

見おろす
繁みの底
明滅して
すすむ波
深々渓谷
瀬音なく
唯燦めき
清み透る
耳許の風
坂を滑り
電車は西
景色は東
共々走る
前へ後へ

（一月三日　四方津）

都会の空

すきまの　空は
蒼いのだ

区切った　空が

広いのだ
ビルの影の　空も
遠いのだ

空と空の　間に
何かある

（一月四日　川崎市街地）

よい午後になれ

並木の　向こう
曇天に　屹立の
白い塔　時計台

時には　きりり
天気を　変えて
みたい　ような

晴を　望みつつ
雨を　呼びたい
午後　四時一分

（一月五日　法大塔遠望）

かぜさむく

寒く渡る風

ブレーメン
並ぶ街なみ
人なみ続く
三三五五と
溜息幾つも
衝いて急ぐ

風邪を遮る
マスクの波
流れに乗り
季節を押す
メロディー
店々の通り

絶えない風

（一月六日　ブレーメン街）

すずやか

いくたびも
ながめても

のぞんでも
光すずやか

白い陽の庭
白々と西風
透き通る心
願い穏やか

風と光とを
身に浴びつ
未来と過去
新春の七日

（一月七日　労災病院庭）

季節いくたび

あかい屋根瓦
しろいひかり
あおい冬ぞら
春夏秋冬でも
冬のつぎに春

また来るらに

眠ってなんて
いられない冬
継いで次へと
季節の再生ら

（一月八日　笛吹川）

望む　みたらし川

遙かな　町の家々
屋根の上は　彩色
早い　夕ぐれどき

棟より　一段低く
陽の沈んだ　のち

岸に点々と　灯る
火影は高く歴史の
夕空に　昇りゆく
川辺に　甲斐一宮

（一月九日　甲斐一宮）

木月大町

高いねえ

遠いねえ
速いねえ
さむざむ
風が渡る
冬の朝空

見上げて

出て行き
歩み行き
先へ行き
つづけて
やまない
今朝もね

（一月十日　木月大町）

いのふでさいかい

いにしえの　竹馬
でも　なく
クラスメートでも
ないけれど
忘れるほど　幾十
年来一の友

一緒に　コーヒー
二杯　飲む
面白いマスターの
店だからと
厭な　コーヒーを
旨く　飲む

（胃の腑で再会）
ハッと夜半
安定剤一錠
覚醒ののち眠り誘引
胃の中七転
アバチャバ忙しい

（一月十一日　ブレーメン通り）

ねがい

ほっと　目を細め
ホット　コーヒー
このみ　ではない
けれど　好ましい
寒い日　温かさの
ほんの　ひととき

こころ　あたたか

そっと　ためいき
プラン　が決まる
意志も　かたまる
これが　ねがいで
ほっと　我に還る

（一月十二日　祇園町）

あけくれ

白い　橋桁が
紅く　染まる
白い　一日の
赤い　夕暮れ
あれもこれも
あふれる日日
一つ　一つを
数え　続ける
冬の　今日も
遙か　夕やみ

（一月十三日　今井橋）

ランナー

まっすぐ
陽が射す
澄んだ朝

東方から
西方へと
木月通り
疾風一陣
音を潜め
光を追い
一直線に
遠ざかる

「そうだ
今朝こそ
私も！」

（一月十四日　木月通り）

ゆくえ

—甲斐の久奈原に似て—

太東　長者町

三門　御宿駅
いくつもの　時代と事跡を集めつつ
外房線の電車　東へ山を越えて

時間は隙き間を分け　林の陰に
房総半島の中央は　大和野原と松林
廃田に光る水
畑にわだち草

遠くまた近く
尾花は枯穂波
寒風とともに　足もとに寄せてくる
山の陰と空の光　集める畦川の流れ

わたくしは
失ったものを耳で拾い　目で探して
半島の先へ
いそぎに急いで　進んでゆくばかり

（一月十五日　外房線）

その後そのまま

――山の駅――

青い　やまなみ
白い　いただき
遙か　アルプス
日本・アルプス
西に　向かって
進む　電車の音

一瞬　消え去り
盆地に　沈んだ
尚も　悠々然と
不動　続く絶景
少年　時代の夢
続き　見る一瞬

菱山　麓の駅へ
勝沼・ぶどう郷

（一月十六日　旧勝沼駅）

ゆらり　と　歩く

人は追い抜いて行く
急ぎ急いで先へ進む
川は　ゆらりゆらり
波は　急ぎはしない
四百五十年来の流れ
急いでも人はとまる
長い長いと百二十年

語り　誇りもしない
黙々　進む二ヶ領水
風が来て陽が射した
かる鴨が泳ぎ鳴いた
そののちはゆるゆる
昨日のまま東へ東へ

（一月十七日　東二ヶ領水）

甲斐語のゆめ

「いいねぇ　勘介やんはいい仕事がでけて」
「いつか　あんたもいい仕事がでけるらよ」
聴いたような話したような　峡の情景だった

甲斐は峡　山また山の狭間にて
　こちごちの山の峡に立ち栄ゆ
　葉広く　くま柏の　繁れる地
『古事記』下の巻から遠く語り来て
ふるめきつづく　山岳の景色がある
その甲斐に産まれ育ったやつがれに
いつも山のように心で仰ぐ男がいた
山本勘介晴幸は　甲斐源氏武田家が
誇る信玄さんの　家臣だったけんど
駿河の山の方から　さすらい来ただ
峠おろしの風に靡く　風来坊ずらに
それが　名門名将の軍師になったと
『甲斐軍鑑』という史書が記してる
いい手柄話と　ともに戦国叢書に名を残す
いい仕事など　とても手につかないような
凪にそよぐ　流れ者だったけんど
流れ着いた　さすらいの先にゆめ

なんか一つ　為事を成し遂げればいいずらに
勘介やんの　声を聴いて暗中模索やつがれの
さ迷う心に　灯をともしてくれた御人ずらに

春に来て　跛を励まして　夏を走る
駿河から甲斐へ　そんで信濃に死す
訪れてのぞんだ　私の初めの川中島
合戦名は知られても　知る人ぞ知る
享年も知られない　四百五十二年後
跛に似て今も走る　やつがれ春夏秋

（一月十八日　加瀬山）

丸子の渡し

風が凪いで
波が消える
時間が淀む
水に空が降りてくる

車の響きも
人声もない
透明な光に
月日さえ休んでいる

一面の川原
土手に草叢
影に忘れ石
北寄り多摩川の中州

（一月十九日　多摩川丸子岸）

駿河湾　上空から

遠く　富士のいただき
が目を細めても片積雲
遙か北空　広々と雲海
ほのかな中ぞらが甲斐
父・母　祖母も妹さえ
おも影あふれる　山河
だが　一面たなびく雲
視線の向こうふるさと
限りないまだらの雲間

過ぎていった　時の人
すぐそこに今まします

（一月二十日　駿河湾上空）

まだ岸辺に一本
―冬の二ヶ領水―

遠く　花もない
風を　優しく
包み　入れた
青葉の　茂みも
疾うに　ない
枯れた　枝の
許に　三・四枚
落ち　乱れても
いのちの季節は
仄かに　残る
根元に　小柄の
草花一本揺れて

（一月二十一日　二ヶ領水）

こぼとけ　とうげ

寒い雲が　たなびく向こうだ
白い空が　遠く広がっていた
幼い弟達の　声が聴こえた
かあちゃん　と呼んでいる

母の応えは　なぜかしない
いまも昔も　一番の声だが

三人の弟に　母はどんなか
覚えていて　ほしいけれど

冬の風が　吹き過ぎていった
雲は消え　小仏峠が広がった

（一月二十二日　中央本線小仏峠）

鬼手佛心

――山本琹作品――

疑・疑と目を細め
問・問と目を開く
〈―鬼手佛心―〉
そうかわたしは鬼
人になりきれない
鬼の範囲だろうか
だが人の心もある
佛の心知ることは
まだ無理だろうが
それでも常に常に
佛心をゆめにみる
さらによく眺める
鬼字の一画がない
一層よくよくみる
心字の一点がない
わたしはまだまだ
鬼ではないのだが
心にまだ一点不足
笑みを浮かべみる

（一月二十三日　画廊セントラル銀座）

むかいかぜ

一段　寒々と
北風がよせる
一層　青々と
冬空がさえる
北に向かって
この詩を書く

寒さ　青さ
風と　詩と
軽々とこえて
この日の寸言
残していたい

（一月二十四日　酷寒の夕方）

まねき

春の呼び声
季節の移り
呼応して光
雲は厚いが
陽は明るく
晴天の憬れ

陽　ひとつ
葩　ひらく
温もりの日
待ち続ける
冬雲の間に
陽春は招く

（一月二十五日　時計台の大町）

立ち番さん

時計を　見て
右を見て　左を見て
足許を　見て
まっすぐ　前を見て

袖を　まくって
後ろ　手を組んで
手を　はずして
元に　もどって

顔を　引っ掻いて
指先を　なぜかみて
腕を　曲げて
腕を　戻して

なにやら　下を見て
耳を　傾けて
眼鏡に　触れて
小さく　動かして
目を　見開いて

時計を　見て
路上に　一日立つ
感謝の　人影一人
ここは　工事安全

（一月二十六日　大町車道）

終電

当然と不思議の時

黒々　深い
闇の　上流

多摩岸を渡る

遠い　灯火
高い　夜空

人の世の空間

幾度　迎え
また　帰る

今日と明日の交互

（一月二十七日　東横線最終電車）

なみおと

ななめに飛び立つ
白い水鳥
まっすぐにそそぐ
川辺の白い陽ざし

ななめにゆらめく
誓いの声

全力で幼児四人を
助けてくれた老婦

一年一度は墓参を
きっと今
西上流の奥津城へ
誘う遠い無償の波

（一月二十八日　多摩川北岸）

ひがし　にし

ひがしはうみ
にしにはやま
にしひがしを
交互に眺める
一本に結んで
流れる多摩川
光と陰の流れ
五十年の時間
京浜の海へと
甲斐の山から
とめどもなく
探して忘れた
数々いま昔日

拾ってすすむ
こののち日日
一つ一つの光

（一月二十九日　西多摩川）

かみなかしも

地　上
空　中
地　下
〈乗りもの〉
わたしが乗る
時間がはしる
わたしが乗る
時間は窓外に
見えかくれて
過ぎて消える

地　上
空　中
地　下
どこにいても
時間はいつも
進む日の内側
消えはしない

置いたままの
歳月を諸手で
掬い集め走る

（一月三十日　地下鉄東西線）

ひろびろ

いそぎはしない
ゆるやかでいい
あいまいだった
あてもなかった
心のこりの日々

「これでいい」
「それでいい」
大きな思いには
広びろと心がけ
ほっと気づく日

鵯かひと声渡る
雨後の二ヶ領水

（一月三十一日　二ヶ領水南岸）

みずのおも

―とおい　ことのは―

そっと　眺める
ひかる　水の面

―月日は百代の過客にし
―ゆく川の流れは絶えず

想いに　浮かぶ
遥かな　たび人

今よみがえった
遠い言葉の流れ

昨年の自身をとうに忘れ
昨日の自分も忘れたまま

この二ヶ領水は　四百年
あくせくこの身　数十年

（二月一日　二ヶ領水北岸）

よびごえ

ハァツー
トォウー
　と発して　今朝は起き
サァツー
ソォウー
　と掛け声　昨日起きた
カァツー
コォウー
　と激励は　その前の朝

ひごとに　〝われ〟を　励まし
たびごと　〝いき〟を　呼んで

発ッ　登ゥー
摩ッ　爽ゥー
活ッ　行ゥー

（二月二日　寒い朝）

ふもと

寒い陽ざしが
ふり注いでいる

狭東の山ざと

白い雲は往き
北風が吹き来る
透明な冬の朝

どこから来て
どこへ進むのか
季節がよぎる

若い母は遠く
老父も遥か去る
心に残る山裾

（二月三日　節分の笹子）

遠い父の声

もう　忘れてくれていい
私は　忘れないけれども

今宵　笛吹川花火大会と聴いた
屹度　綺麗な夜空を仰いでくれ

そして　皆で笑ってくれ
互いに　たのしんでくれ

（二月四日　笛吹川岸で㈠）

はるたつ　日

ななめに差していた陽
まっすぐ　前から注ぐ
湧き出る　気配がして
今　季節が立ちあがる

きざまない　反さない
まぶしくもない春の陽
雲も風も　水の動きも
過ぎる時も音はしない

なにげなく　たゆたう
ゆらめいて　すすむ影
いくたびも　送った冬
笛吹の川岸　流れの光

（二月四日　笛吹川岸で㈡）

そとぼうせん

たそがれて里山の稜線
遠く　近く

ほのかに　灯が揺れる

八積の　駅
遥かに見えがくれする
茂原の　里

失ってきた何かを探す
車窓の夜景

（二月五日　外房線の夕方）

白から

白い　朝
白い　日
白い今日

朝が　始まり
日は　進んで
今も　つづく

白い朝を憧憬色に
白い日を多望色に
白い今を安寧色に

（二月六日　井田山）

ねがい私に

窓越しに
壁越しに

つねづね
月日の内

留まっては
いけないよ

まどやかべ
としつきひ

先々望み
向こうへ

進み進み
やまない

（二月七日　住小通学路）

波より

寄せて

返して
舞いつ
さ迷う

なおも
漂って
ゆくえ
ない波

寄せる
砕ける
舞って
消える

波より
いく多
流され
漂う吾

（二月八日　二ヶ領用水）

いらえ

寒いよ寒いよ
と　言ったが
なんのなんの
言い返された
酷寒の　甲斐から
百五十キロは遠く

寒いね寒いね
と　言うので
そうだね全く
同感して返す

温暖の　京浜へと
六十年は遠いのか
仄かに泡雪舞う日

（二月九日　多摩川岸）

山と私

色薄い山
白に似て
白くない
黒似の山
相模湖と
藤野の間
連なる山

遠くなく
近くない

どこかが
似ていて
全く違う
自身の影
見ていて
見られて
伸びよ山

横に並び
溜める息
更に一段
高く空へ
冴え澄む
伸びよと
激励する

怯む心に
山を見て

（二月十日　藤野）

はればれ

あめがあがりました
はっ　と霽れました
あおあお　あかるく
ひかり広がりました

いいえ天気ではなく
わたしのささやかな
ハートのひろがりと
人さまへの親切です

見あげる空はいつも
語りかけてくれます
応えられないけれど
きっと　忘れません

（二月十一日　等々力緑地）

のぞみ

名ばかりの春の日
名ばかりの春の風
吹き寄せ来ては
吹き去っていく

温みをとどめたり
暖かさを残さない
吹き寄せ来ては
吹き去っていく
川面は冷たく光り
流れは白く波立つ
吹き寄せ来ては
吹き去っていく
人々の足音に今も
耳を傾け続ける

（二月十二日　多摩川南岸）

ひびのみち

それぞれに進む
それぞれの方向
みちはひとすじ
ブレーメン通り
東の方から西へ
日が昇る井田山
日が沈む多摩川

急ぎいそがしく
あわてにあわて
陽が昇る　前に
沈まない　間に
一本通り　だが
つねづね忙しく
日々にせわしい

（二月十三日　ブレーメン通り）

ひかり　みつどり

―「三光鳥」に寄せて―

とおく　かなたの
こえが　響き来る
ながい　尾羽根を
翻しつ　しずかな
はるか　呼びこえ

真白い　花に似た
新雪を　前に見て
想い出　雪を振り
かえり　高だかと
余尾声《よびごえ》　繰り返す

（二月十四日　書簡「三光鳥」に寄せて）

日ごと　あらた

今にも降りそうな
雨もようの日ぐれ

岸辺に寄っている
沈みかけたこの日
往ってしまう今宵
幾十百回過ごした
一日が　真新しく
はっと　吾に返る
「そうだ　この後
かならず　ここに
続けて　来よう」

雨は降りだしたが
白くひかる小粒だ

（二月十五日　矢作川）

いまい橋

首すじに寄せる
細糸に似た川風
すくめた襟元に
広がる蜂城の雪

冷たさの内に声
「冬が寒けりゃ
夏は作物豊か」
遠く故里が呼ぶ

「負けるな北風
それ駄賃一つ」
握りたての温い
おむすびの味だ
口許に寄せる風

（二月十六日　今井橋で）

よみがえる

白い壁
赤い陽
反して
一面紅

沈みかけた今日
ふたたび甦る声
言い残した返事
終了しない為事

プラン
テスト
激励の
数々が

（二月十七日　木月大町で）

はるまつ日の日

上からよんでも
下からよんでも
もしもはもしも
もしものときに
どうするのかと
誰も知っている
けれども誰一人
実感しないのだ
できないからだ
それでも確かに
おとずれ来ては
わがことになる
ああ必ずやがて
いつかはきっと
おもいながらも
いいえまだまだ
念いながら思い
日に日を送って
平然としている

今まだ寒いから
春の日を待って

（二月十八日「忘れ得ぬ方」の祥月命日）

くろいしろ

深みがぶ厚い
黒い壁だった

よく見ると白
重い歳月の面
明治から時の
間に間に変色
黒く見える壁

綿屋さんの棟
住む人はない

だが壁の内側
人影が溢れる
子も父もその

母の影も次々
明滅している

崩れて剥れて
いろあせた痕

終に黒に似て
変色した壁だ
黙々とした面
向こうに映る
人影に逢えた

冬も終わりの
陽春も近い日

（二月十九日　木月北通り）

春風　世わたり

早春の陽が渡る
長い橋を渡る人
頭上の梢を仰ぎ
眼下の水面を見
対向の人と車を
確かめ渡り出す

鴨は一本の直線
なにも見ないまま
飛び渡ってゆく
見えない朝風は
自在に吹き止み
わたっていった

（二月二十日　多摩川大橋）

やはぎ

細い枝の
一本一本
陽が射す
淡い光の
やはぎ川

朝風が桜芽
揺すりつつ
背伸びの時
早く早くと
こころまち

まだまだ
さむ空の
重い雲に

覆われる
でも早春

（二月二十一日　矢作川）

のぞみ

天と空とは
どちらがいいですか
天体望遠鏡
観天望気といいます
夜明けの空
夕焼け空といいます
天は高くて
神様が必ずまします
空は大きく
空っぽのようですが
誰でも人は
人知れずにふり仰ぎ
なにか探す
だから必ず何かある
天空海闊と

（二月二十二日　夢見ヶ崎で）

おもかげ

開くと昔日が
とび出てきた
文字も文章も
大人だったが
みな少年少女

届いた手紙は
写真入り二通
少年少女の頃
ともに学んだ
仲間から便り

その時の長所
あの頃の特色
そのまま写り
書かれている
時だけが往く

開けば見える
筆跡の向こう
閉じれば思う
友の昨日今日
大事に仕舞う

（二月二十三日　木月祇園町）

それぞれひとつ

水面までも青空
降りてきている
澄みきった清流
ふたつの青さが
ひとつに染まる

遠く飛び寄って
ひよどりの一羽
流れにちかづく
陽を反して鳥の
尾羽根も澄んだ

それぞれひかる
ひとつのあおさ

（二月二十四日　二ヶ領用水）

あめはあかるく

あかるい雨って
心が明るくて
落ち着きますね
はっと気づき
ほほえみました

降り止みさえ
気づかないまま
昼間の六十年
屋内で働き続け
きたからです

人工の光は快適
けれども外は
あかるい雨です

（二月二十五日　木月大町）

さざなみ

確かな毎日
確かな為事
今日こそは
今日こそ必ず

念いながら
川岸に佇む

進める歩み
続ける往路

為事は無限
迷いは多い
光る漣から
一つ選んで

（二月二十六日　多摩川南岸）

水のおもて

ささえ合っては
いつも午後三時
川岸を二人歩む

水面に影が並ぶ
いつみても同じ
めおとのかがみ
夫の左手に右手
妻は添えてゆく
石のきざはしを
降りてはのぼる
並んでまた歩き
昇ってはおりる

百歳までお二人
きっとお二人で

——祈り遠く黙礼

（二月二十七日　二ヶ領水）

スズ目ヒヨ鳥

二羽の鳥が鳴く
足許に来て寄る
物欲しそうな目

私は缶コーヒー
菓子はないので
二滴三滴あげた
すぐ地面が吸う
鳥は頭上の枝へ
ふと　気づく肩
鳥の　落とし物
ああ　そんなに
欲しかったんだ
——ごめんなさい

（二月二十八日　二ヶ領水）

ひとすじ

確かな日日
確かな為事
今日こそは
今こそ必ず

思いながら
川岸に佇む

確かな歩み
刻んで往く
為事は無限
迷いは多い

だが確かに
皆さんの為
生きる為事
一つに決め

（三月一日　多摩川北岸）

こころ　こめて

「百年生きたいの」
小声で　問いかけては
槻葉が　梢で囁います

三百年　前の人を眺め
五百年　前の世を知る
七百年　前からこの社《やしろ》

「ああ　仰せのとおり
百年は　無理ですか」
ご恩の　返礼山積です

だから　この後幾十年
かけて　足りない分を
果たす　願い山山です

参道の　奥に深々神殿
黙々と　輝き在します
重ねて　一拝捧げます

（三月二日　住吉神社拝殿）

はなとかぜ

風が寄せる
揺れる葉と

揺れない葉
川波に映る
同じ木の枝

知らない様子で
早春の風が渡る

桃の小枝に
つぼみと花
春の小雨に
花とつぼみ

（三月三日　今井橋で）

せんぼう

悠々として
どことなく
勇々として
ながれゆく

自然のまま
どこまでも
いそがない
気にしない

——自儘だね
——いいねえ
——寒空渡る
雲さんよ

（三月四日　祇園橋で）

かさねて　謝意

一時間半ののちに
電車は多摩川園駅
多摩川園はないが
公園駅で下車した
ベンチを求めつつ
駅を出て南へ進む

詩人の皆さんとの
三時間の会議の後
ここで為事をする
そう思って寄った
文書を開くと詩人
皆さん顔が浮かぶ

明日の為事の準備
始めると板橋の駅
電車が出発する時

皆さんへの感謝の
思いがまた浮かぶ
感謝の途中下車だ

（三月五日　多摩川園）

名もない

黄色く開く
小花が一輪
小学校の壁
日陰に咲く

立ち止まる一人
しずかな夫人が
まなざしを注ぐ
花はまた揺れる

人は来ては
人は過ぎる
呼び名さえ
知らない花

（三月六日　住吉小北側）

あめのちはれ

雨が止みました
傘を忘れました
置いて店を出て
歩き始めました
ふと戻りました
ああありません

美味なジュース
二本買いました
一本ポンちゃん
一本飲みながら
歩き帰りました
霽れてよかった

（三月七日　木月大町）

今　ここに

どこにあったのだろう
この温かさ
この静けさ
一体どこに

不思議な吐息をついた
つきつつも
遠くて近く
想い浮かぶ

いくつも重なった景色
蜂城の山懐
志乃八河原
みさかの峠

確かあって見なかった
跡のない路
道々の風景
甲斐の遠景
百キロ先にここ多摩川

（三月八日　南多摩川土手）

うたの智　情　意

十二に点る照明の光
詩をうたう声の響き
十二の光線が寄せて
一つのうたに集まる
詩の核心が浮上する

会場内に拡がる感動
空間が盛り上がって
新たな空間になった
詩から溢れ出た知性

その先で新たな詩情
意志に変わっていく
先の先の驚嘆に続く
暫くつづいた余韻が
真新しい詩になった

（三月九日　例会会場）

くもりぞら

重く深い遥か
白い空の先に
数々私が栖む

呼びはしない
求めもしない
戻りはしない

はやいのか
おそいのか
いつなのか

重みを探して
深みを目指し
遠く尋ねる日

青い空ばかりに
憧れてきたけど
この後この後は

（三月十日　井田山頂）

えほん

―一歳のりくちゃんへ―

ことり
どうぶつ
さかなさん
なまえはなあに

はやい
はやいよ
のりたいね
のりものばかり

おりこう
りくちゃん
パパとママと
えほんでえがお

（三月十一日　りくちゃんへ絵本を贈る）

待つ

降りてくる季節
見つめる陽差し
川岸には白い光

南風を待つ枯れ枝
温みを待つ葩の蕾

黒い地面は白く
変わって水辺に
音もなく寄せる

流れは淀みながら
岸の緑に光を蒔く

立ちあがり石段
振り返りもなく
上へ上へと進む

（三月十二日　矢作川）

まるいむこう

遠く望む丸子橋
さながら眼鏡橋

丸縁の下は澄み
円く遥か続く漣
団々と多摩の川
西方に甲斐の里
山国であったが
急流を好まない
右に左に延々と
辿り来て丸子橋
丸い縁に細い眼
近づけつつ視る

ゆるやかに円い
古里の山を望む

（三月十三日　丸子橋）

ひたすらに

石段を降りた
川岸に欅の木
赤く立つ六本
何も語らない
危険と言うか
勧めの相図か

四百年来の日
黙々と水面は
青い空を写す
記念の六月も
命日の六年も
淡々と流して

（三月十四日　二ヶ領水）

くもゆき

——三月の朝空——

西から東へ
左から右へ

ちがいない
確かな意志
自然でなく
必然の方向
夜闇は遠く
風も来ない

雲は確かな
極めた流れ

右方向を眺め
東空を望む

（三月十五日　木月大町）

みずかがみ
――渋川で――

よどむ流れ
土手下の水
黙って映す
人の往き来

ちかづいて
とおざかる

影は重なり
行き過ぎる
淡々と笑み
満々湛える

幾百年来の
遥かみなも

（三月十六日　渋川橋）

たずねごと
――江戸水へ――

小石を洗い
枯木を洒ぐ
進みながら
波立ち一つ
淀みない水

日の向く方へ
人々に似てか

二枚揺れる
紅い樹の幹
白い葩びら
続く青い葉

早く咲いたか
晩く散ったか
落葉樹の渕
先立たない
遅れもない

時の流れか
水の流れか

（三月十七日　江川）

及ぶかぎり

ていていと
聳えて一本
幾歳月の欅
梢に湛える
深々と青葉

数知れない
灌木を根許
一面寄せる
枝々の節々
固いこぶし

伸びる限り
日の方向へ
葉を繁らす
移ろう季節
忘れながら

（三月十八日　井田山）

遠　景

漲った色彩
降り来ては
一瞬燦めく

新たな輝き
今までなく
この後ない

移るものと
消えるもの
渝ってゆく

内に観える
瞬時の微動
透明な幸運

（三月十九日　宿河原）

さざなみだつ

歌声が降りてきた
川岸にひろがって
一面さざなみだつ

低学年児童の声は
三階の窓を開いて
欅の高さに届いた

溢れて降りてきて
幾百年来の水面を
青く染めていった

岸辺に淀んだ季節
ひと息ごと陽春の
ひかりに変わった

（三月二十日　二ヶ領水住吉小岸）

かすかな空から

ほのかな明るさ
「光」と言って
いいのだろうか
ビルとビルとの
すきまに微かな
白い空があった
階上へ階下へと
昇っては降りる
人びとの忙しさ
誰も白い空には
気づかないのだ
吹き寄すビル風
人が掛け忘れた
大切なあま傘を
小さく揺すった

（三月二十一日　木月大町）

はなと一すじ

はなひらいて
おもいはずみ
あゆみあらた
ふみだすいま

のぞむめあて
たしかにきめ
やすまずゆく
きめた一すじ

ひだりをみて
みぎをみても
まよいはなく
ただひたすら

（三月二十二日　中一の優君へ）

はなまねく

葩ほころびつ
並木はつづき
東にひがしへ
渋川は流れて
戻る影もなく
人々もすすむ

川沿い一本道
東へひがしに
陽の射す方で
葩のまねく声
東へひがしに
互いに聞いて
岸辺をたどる

（三月二十三日　渋川岸）

まるいしろい月

大きく白い横顔
舟に乗っている
箱型の舟も白く
空は深々と青い
乗った雲の顔も
乗せた舟も速い
どこへ往くのか
雲の舟に訊ねる
急ぎに急ぎ西へ
夜明け前に港へ
澄んで心確かな
願いがあるのだ
未明四時四十分
明けの青い月夜
見上げていたが
いつかわたしも
舟に乗っていた

（三月二十四日　木月大町）

流れに及ばない

――ブッセに学ぶ――

書いて写しても未だ
綴りたりない名詩章

――山のあなたの空遠く――

遥かに及ばない詩境
でも常に私の心の内

——泪さしぐみ還りきぬ——

いいんだいいんだ
これでいい　と思う

——山のあなたに尚遠く——

懲りない日々の流れ
二ヶ領水に及ばない

（三月二十五日　二ヶ領水住小岸）

みどりの向こう

わずかな光を集め
欅のこずえが白い
曇天が降りてくる

晴天はこの先々が
見えるようだけど
曇天にはこの今が
はっきりと見える
傘を持った長靴姿
現実の自身が佇む

曇天の向こうは緑
向こうに白い輝き
欅のこずえを望む

（三月二十六日　等々力緑地）

つぶやくような

いいねえ
こうして
ここにいられる日

葩と光と水の流れ
葩も光も判るけど
流れる水は何かな

時のうつる水嵩さ

ひかるさきざきへ
のぞみもいのちも
すすんでやまない

わずかに
こうして

ここにいられる今

（三月二十七日　せせらぎの道）

みはま　いまがわ

たずねたずねて今
たどりついた海川
透きとおった色彩
南の空の下に水平
ため息に似た驚き

風景を超えた未知
風が　消えてゆく
光が　生まれでる
見えなくてみえる

向こうは美浜の海
こちらは今川の岸
「浦安舞い」の曲
耳に寄せる海景色
目に伝える川景色

（三月二十八日　浦安）

ながれのきせつ

急ぎ流れてゆく
川の瀬を一枚と
一枚それぞれに
鮮やかな花びら
緩やかに流れる
川の渕を並んで
いろ淡い二枚も

しばらくののち
流れのあとから
カルガモ一羽が
泳いですすんだ
そのまたあとを
春風がだまって
わたっていった

（三月二十九日　今井橋）

やまやまのいただき

ゆるやかにほほえむ雲
細い目のような山なみ
菱山から望む甲府盆地

甦る恩人たちの面かげ
麓には親しい友人たち
忘れられない遠い横顔

限りなく浮かんでいて
遥か見えがくれの連山
重なり合う山の月と日

人々はわたくしを超え
高く山々の頂きに在す
仰ぎ独り謝意を捧げる

（三月三十日　曇　閉式の後）

うき　しずみ

白いロビーで
白い光のもと
白いペーパー
黒キャップの
黒ボールペン
黒々記入する

用紙は奥深い
沈んでいく字
いちどは鋭く
浮き上がるが
文字は確かな
頼みとなって
願いを鎮める

（三月三十一日　小杉ビル）

新生の時
——用水岸で——

改めて今年
令和元年と
甦り向かう
新たな歳月

一二三四と
指を起こし
繰り返して
数え始める

寛永二〇年
三七六年前
以来前進の
二ヶ領水

流れる水は
輝きを増し
新たな時を
刻んで進む

今日迄辿る
遥かな月日
悠々超える
新生の年月

（四月一日　新元号発表日）

みえがくれ

窓の外遠く
高い枝の桜
木陰に歩道

人影が映り
遠ざかって
影だけ残る
いつまでも
枝を揺する
幾十年来の
面影に似て

初めの影と
往来の月日
遠い窓の外

健康と呼ぶ名で
病気と言う名で
一喜一憂しつつ
変化する人の目
黙って緩やかに
遠ざかった月日
肯定する想い
ふと込み上げる

（四月二日　井田山の病院で）

とし　つき　ひ

——二ヶ領水——

ただの　一度も
みたことはない

うしろ姿　だけ
見てきたようだ
気がつけば常に
遠ざかってゆく
せわしそうな姿

歩みをその先へ
進めてゆくのだ

近づいてくる姿
ゆるやかな笑顔
そっと話しかけ
なにかの思いを
うちあけそうに
髪に手をやる姿
あこがれながら

一度見たことも
なく急ぐばかり
はっと　気づく
今　後悔が湧く
次こそは　次に
と　たびごとに
おもうばかりで

水面を遠ざかる
ながれる葩びら
一枚のうしろ影
影がふりかえり
話し寄せくる声
思い浮かべつつ
ゆるやかに明日
先へ先へすすむ

（四月三日　木月で）

はじめてあう

高洲と舞浜と
左と右の水岸
分けて流れる
河口近い境川

北風に押され
下り急ぐ川波

南の空は遠く
浦安沖の海も
境川の河口も
はるかに霞む

桜並木だけが
緩やかに続く

海と川を背に
春の温みだけ
受けて花開く

境川岸の桜木
川岸へ四十年
今日葩に逢う

（四月四日　境川並木）

かるがも　から

かぎりある先に
かぎりない恩恵
かもが飛び去り
かもが一羽戻る

知らないことは
知る限界なのか
知らないようす
知っているかも

覚えようこの先
覚えて心濃やか
覚えて心くばり
覚めて人びとへ

（四月五日　鴨居）

はつはな

小走りに朝
下向きに夕
数限りない
行きと帰り

幾度の往復
くり返した
年と月と日
やしろの道

歩みを止め
ふり仰いだ
頭上に小枝
はなひらく

（四月六日　社の道）

さあ　山へ行くじゃんケ

あたりまえのようなこと
お訊ねしまして恐縮です
あなたさまにふるさとは
いくつあるのでしょうか

確かに　一つでしょうか
うまれ故郷は一つですが
それでも　人それぞれで
心のふるさとがあるかた
第二のふるさとがあって
理想のふるさともあって
みな十人十色でしょうか

あたりまえにわたくしも
生まれ育ったふるさとが
確かに　一つあるのです
それは山と山の盆地です

また　あたりまえのこと
申しまして　恐縮ですが
山は平地よりわずか空に
近いので遠くが望めます
山の遠くには何か見えて
想像がいっぱいふくらみ
ふと　幸運な気がします

山は青空　青い雲に近く
風も光も　真っ直ぐです
山あいの水は澄み　漂う
気は緑の風に染まります

「またけえって来うし」
口ぐせの母の声もなくて
東風が西山へ向け次々と
さあ　山へ行くじゃんケ

（四月七日　甲府盆地へ）

おなじふるさと

中央本線甲府行
夕闇が迫る窓辺
スーと蜘蛛一匹
吊革から一気に
降りてきたのだ
いつから居たか
どこから来たか
残照に光る一匹
乗客は声援一斉
スーとせり昇り
天井に近づいた
あとは全く不明
山へ帰れ渓谷へ
森へ畑へと人々
眼の内胸の中で
拍手をおくった

電車は鳥沢駅着
窓の外には扇山

（四月八日　鳥沢駅）

はなとひとかげ

サインは　ブイ
ブイ字形の桃木
ダブルチャンス
ダブル形の桃枝
かつて　貧しく
働き者だった畑
今　鮮やかに花
見わたす限りの
ピンク一色農園

働く人影はなく
悠々と白い雲が
青い空をわたる
どこへ行ったか
どこにいるのか
この畑を拓いた
貧しい働き者達
知っているのに
知らない顔の花

観光の方は讃え
桃源郷と口々に

（四月九日　山梨・一宮町）

かたりかけ

岸辺は止まって
川底は動かない
東の風を受けて
こぬか雨を受け
水だけ西へ進む

ふと立ち止まる
わたしはそっと
花片をながめる

花は次から次へ
流れ春の季節に
語りかけている
それでも水面は
止まりはしない

（四月十日　矢上川）

夢見ヶ崎加瀬山

鷺一羽
飛来しなければ
道灌夢
なかったならば
加瀬城
江戸城になった
川崎市
東京都になった
偶然か
それとも必要か
伝説山
頂上に立ち望む
訪れて
四百五十年後に

（四月十一日　夢見ヶ崎）

はなひらく

麦踏みをしていた
春を待っていた日
春は春だとばかり
望んで待っていた

満開の日に寄せる
花冷えの　北の風

それでも　季節は
この日の花を開く

「ああ　あった」
確かにこんな日が
蜂城の山は　満開
覆っていた　花々

峠おろしの寒い風
終日　寄せていた

手拭いで頬かむり
休みなく麦を踏む

草取りをした日も
「春ずらになあ」
確かにあった季節
北の風に吹かれて

（四月十二日　矢上川）

つと　さきへ

―神社前通り―

遠く急ぐ　一筋
奇妙に　白い道
薄陽の　寄せる
東　並木寄りに

書く手を　止め
望んだ　今日が
不思議な　想い
つと　先へ先へ

（四月十三日　住吉神社で）

遠く　おそく春

また生まれてまた往く
日時の展望

また建ちまた崩される
市街の遠望

降りそうで未だ曇り空
雨模様の風

花の後も訪れない陽春
温和と寒暑

遥か渡る四つの季節風
目に近々と

葩開き雲浮かべ水漲る
漂う心の内

（四月十四日　木月伊勢町）

願い　かさねて

―甲斐の山と丘シリーズ―

いなかがいい　いなかへ帰ろう

いなかのほかは　旅のようだ
いなかでうまれた　わたくしには

いなかで生まれた　ゆめさんと
いなかそだちの　それぞれに還り

いなかへ　こころで帰ろうよ
いなかはいつも　こころのなかに

いなかはゆめとの　ついの里

いなかで　とこしえにいきようよ
いなかは　希みのやまのすそ

（四月十五日　甲斐浅間神社祭）

ほどなく緑

みどりの風が
透明にわたる
澱んでいた靄
霽れる胸の裡

葩は咲き終え
葉桜は暫く後
よしこれから
ひとりごとを

（四月十六日　木月伊勢町）

ながれはきよく

まけるな　よわい
つづけよ　いのち
　と
どこまでも　必ず
一つ固く　握手を
名も知れない誓い
　を
清流岸と年長さん

（四月十七日　今井川）

ひかり　かげ

亭々と　古木
深々と　森林
留まる　月日
百年来　高く
梢を渡る　風

風に　乗って
桜花が　舞い
青と　白の色
電車が　遠く
走り　過ぎる

詩篇を　残し
来ては　往く
自身の　季節

（四月十八日　住吉神社）

日日きたえる

その名に似て
道は登戸の坂
多摩の川土手

歴史を辿る橋
向こう宿河原
現在を息づく

芝堤防に坐り
一瞬を忘れる
遥か小田急線

時を往来して
高架線を進む
登戸駅への路

（四月十九日　武道場へ）

ゆくえかぎりなく

三本の枝と枝と枝
逆三角形を形作る
頂点から流れ進む

遠景の渋川は先へ
底辺の橋で消える

川岸に屹立の喬木
不動の磐根と錯節
枝の三角形と若葉
風に靡かせて遠く
幸運の先を見送る

すすみ　とどまる
いのちの　ながれ

（四月二十日　巽橋）

つちの　かおり

若々しい瀬音に
若葉を添えては
岸辺に寄せる風

足許はせせらぎ
穏やかな面持ち
流れは東へ一条

物語ることなく
光と陰も流れる

土の香を併せて
遠く平らな地面
小学校の運動場
百年来の東の風

四月の土の香に
新入学児たちが
交わした嬉しさ

今はどこの地で
どんなしごとに
励んでいるのか

（四月二十一日　井田のせせらぎ）

おそざき

一つ影もない
誰一人いない
桜並木の傍ら
花びらが散る

あれほど人波
限りない人出
今ちりぢりに

時は過ぎ葉桜
また降る一枚
追い散る一枚
今舞う花びら
かってどこに

辿る今井道へ

（四月二十二日　今井橋）

時は還った

耳を澄ます
音一つない
眉を上げる
一瞬の微風
鎮まった森
やしろの緑
葉陰に坐る
忘れるほど
かつてない
かすかな今
樹間の陽光
梢に昇って
遠景を超え

澄む時間の
先へ還った

（四月二十三日　住吉神社）

このさきへ

〈暗渠〉と水路の
見えない先の案内
辿ってきた流れは
以後の影を潜める

〈暗渠〉が終焉と
誰も想像はしない
誰も想像するのは
水路出口の案内板

（四月二十四日　二ヶ領用水岸）

うたは　とおく

はなかげに　はる風
みえなくなった　葩
はなびらを　慕って
そよぐ　小がらの葉

芽花をさそう陽炎よ
歌ったのは誰だった
困苦は物の数ならむ
吟じたのは誰だった

はる風は　葩かげに
一五〇キロの　西方
遥か五〇年の　月日
山裾の村のふたもと

（四月二十五日　巽川《たつみがわ》）

ポエジー

はてないみち
つよくきめた
ほかにはない
きっぱり一条

遥かつづいて
終わりはなく
ひとすじに唯

目に迷いつつ
信じるのみか

かけがえない
ねがいのみち

（四月二十六日　木月大町）

日の川の音

意思でみずから
開いたポエジー
いい日にしよう

瑣細なことばに
こころ砕かない
いいポエジーを

いい日だったと
こころひそかに
思えるような日

いいポエジーに
本気を懸けた日
日ごとその日に

（四月二十七日　日川岸）

まつの気

しばし　待つ
ときわ　まつ
偶然を　俟つ

じっと　地上
山麓か　川岸
百年毎　開花

見送り　また
迎えて　更に
幾度も　歳月

奇妙な　黒松
はっと　自身
どこか　似て

（四月二十八日　千歳の影向寺）

あとさきかずかず

十一の木影を水に
映し宿河原の暗渠
ゆるやかに水門へ

消える闇から出て
十一羽の軽鴨母子
いそがしく水面へ

穏やかに過ぎる時
去っていく静けさ
声高く幼いいのち

往ってしまう水と
涌き出てくる響き
時の暗渠あとさき

（四月二十九日　宿河原）

わかばのあめ

すぐ　霽れては
すぐまた　降る

くり返し　晴れ
みたびの　青葉

たびごと　若葉
鮮やかに　甦る

やりすごす　雨

立ちつくす　木

変わる　空の許
繁る　樹々の枝

ただ　穏やかに
今井橋脚の　岸

（四月三十日　今井橋）

快晴日

さわやか　新た
あらたな　念い

こころの　外に
からだの　内に

さつき　若葉の
陽を　受けつつ

月日も　念いも
すすんで　一途

（五月一日　改元の日・木月）

ないがあるもの

みえない　ひかり
すきとおる　かぜ
影がなくあるもの
映えるうつくしさ

見えるものばかり
見てきた月日の岸
波がしらのひかり
葉陰をわたるかぜ

遠景に多摩川の橋
さきほど急ぎ足で
渡ってきた懸け橋
かぜとひかりの先

（五月二日　登戸）

ラッキー

深々と　グリーン
一色の　遠い岸辺
来る人は　なくて
流れが　遠ざかる

この水岸は　幾度
初夏を　迎えたか
数々の　春夏秋冬
また　一つに逢う

（五月三日　二ヶ領用水）

よもへ

初夏の雨止んで芝原
上流は並木の梢に靄
風を巻いてひよどり
揺れる若葉から一面
音高く雲間に広がる
鳴き声とともに晴天
またたく間に四方へ

遠く先へ新緑鮮やか
前日は昨日ではなく
今は今のままとなる
明日は必ず今の続き
一念だけが蒼い空へ
一直線に昇ってゆく

令和を迎え雨霽れて

(五月四日　多摩川)

つきひのひびき

樹や木も林立する
枝の葉は繁茂する
遠景に広がる甲斐

一本一葉を眺める
一枚ずつ注意深く
分け入って初狩山

一枝ごと風を受け
一片ごと日を反す
猿橋へ向かう山麓

三十一年間の平成
何を眺め学んだか
遠く中央線の電車

旅立つばかりの風
進むだけを願う日
通りすぎた下り線

小仏トンネルから
笹子トンネルへと
遥か響く電車の音

(五月五日　子どもの日初狩)

みはるかす

陽光みなぎり
涼風は寄せる

かつて四月に
急ぎに急いで

狭東へ吹いた
若葉の季節風

一面ただよう
深々と歳月日

いま五月の風
青葉の間に間

展望の日から
西の山へ吹く

(五月六日　甲府盆地)

甲斐の遠近

名勝の丘に勝沼駅
塩の山南の塩山駅
山なみ続き山梨駅

中央本線で続く駅
盆地の縁を一直線
想いは常に急行車

久奈原が水に映り
流れ遥かな笛吹川
昔日は遠く近い陰

（五月七日　万力林）

よよ　ひとびと

岸辺に繁る百年木
木の間隠れの昔日
水辺に映る幾十百
明滅する代々人々

寛文三年に拓いた
人工の川が流れる
完成文の陰もない
この拙文で綴って
忸怩たる念いの岸
二ヶ領用水の流れ

遠く過ぎる風の音
響きもなく一人影

（五月八日　二ヶ領用水）

はちじょうのやまじ

紆余をかわし屈折で
ひるがえって右顧し
またかえして左眄を
幾度くりかえしたか
数えようもなかった

調べることもなくて
人に訊ねもしないで
想像だけをたよりに
先へ先へ勾配を登る
急ぎ急いだ蜂城の山

ふもとの千平塚から
曲った山路の倍の倍

目に写る足もとから
想像も及ばない頂へ
まだつづく遥か緑陰

（五月九日　蜂城山）

とき　と　じせつ

おお　ウツクシイ
外人さんが褒める
あおあおとした緑
草さまざま花開く
芝生に入らないで
掲げてある案内板
国際交流センター

麦の育ちに邪魔だ
全部抜け　と祖父
雑草一本残さない
北塚一面の一町歩
炎天下で四ツ這い
延々一メートル先
暑かった狭東の夏

（五月十日　交流センター庭園）

せせらぎ

みず色アヤメのはな莟
青葉鮮やかカキツバタ

みずもに緑の風が吹く
目を見はり人こいしく
ふと立ち止まって眺め
心巡らせていたかった
それでも気強く自らを
励ましつつ去ってきた

あれは何だったのかと
山の向こうで川辺の村

（五月十一日　せせらぎの路）

西かぜの　こえ

ほのかに唄ごえの
ただよう峠おろし
ようこそこの海に
近い町へ来ました
南アルプスを越え
舞鶴城の空を過ぎ

笹子峠を高く辿り
郡内から猿橋へと
吹きわたりここへ

港に近いこの町は
山麓の香り離れて
百五十キロ東の先
置いたままで来た
遠ざかった時間を
運んでくる西の風
忘れてならない今
こうしていられる
遥かな恩恵を　と

（五月十二日　川崎港）

月日　くれない

坪木に荒板一枚
躑躅一枝が傍ら

百年木に葩一輪
髣髴とくれない
色鮮やかな昔日

月も日も本当に
過ぎ去ったのか

（五月十三日　甲斐・井之上）

あしもとの流れ

ひたすら　歩む
急ぎ急ぎ　走る

凝固した　時間
踏み来た　年月

路の地下　深く
水は流れ　常々

どれほど　月日
誰も知る　流れ

（五月十四日　木月伊勢）

ふと　日ざし

白い陽が差す
あたたかさ
置いてきた
月日のゆめ

ふと　甦る
まだ間に合う

いまからだ
これからだ
忘れものを
思い切って
取りにゆこう

（五月十五日　木月大町）

ちかく　とおく

美浜の海へ出た
房総の岬を望む
先端の館山には
手が届きそうだ

良書を読了した
温和な心になる
そんな気がして
終日爽快になる

館山在住だった
著者の一詩章と
遠く眺める半島

（五月十六日　美浜）

ながれにならう

なみはながれを
追い越ししない

ゆらゆら行こう
いつもいそいで
ここまで来たが
いまこれからは
流れに習うなみ

遠い二ヶ領水は
人工の川だから

（五月十七日　二ヶ領水取り入れ口）

まい浜から　たて山

数かずの　しごとで
なすこと　海に似て
波は心に　しずめて

ゆらゆら　おだやか

だれにも　限りなく
なすこと　山のよう

人々にも　自身にも
ただただ　淡々淡と

（五月十八日　館山のみえる舞浜）

なにもなく　まっすぐ

サングラスをはずした
ぼうしをとり手に持つ
折り畳み傘は鞄に入れ
木立の繁みをはなれて
白く明るい丘に立った

やっと空だけを眺めた
ふり仰ぎ真っ直ぐ見た
何もない　頭上の空を

いつも頭上に何か置き
何かの下に身を置いた
前後左右に気を配った
真っ直ぐ　見たことは
これまで　一度もなく

（五月十九日　日曜日の生田緑地）

おうらい

往来に　出た
人々の　数々

同じ方向に進む人
それより行き交う
人の数が多かった
当然ながら目的は
それぞれに異なり
違う方が多いのだ

「どちらへ」
「そこまで」

そっと　訊ねては
軽く応えをかえす
それが何であって
それがどうなるか
知る間もなく行き
通り過ぎて　往く

（五月二十日　ブレーメン通り）

かる鴨の話

泳ぐかる鴨二羽
遠く離れて一羽
聞いた話だった

「決めたかる鴨
二羽のままで」

逆波が寄せても
餌が不足しても

泳ぐかる鴨二羽
きっとそのまま

では遠くの一羽
きめたまま一羽
憶測であればと

（五月二十一日　渋川岸で）

ゆれない　葩に

雨が　やみました
しずやかな　風が
欅の梢を渡ります

川の岸におりました
躑躅の葩が休みなく
小さく揺れています

一むれの内に一りん
揺れない葩があって
穏やかなままでした

うれしい　ような
励ましの心あふれ
一声をかけました

（五月二十二日　多摩川南岸）

交流館の庭風

風は　急いで
風は　留まる

芝草を靡かせ
檜を見つめる
揚羽を追って
いるようにも
出迎えている

ように見える
ただ　確かに
往来するとき
だけが人目に
立つ時なのだ
裏葉を返す日
枝々を押す日
あとは悠々と
陰も見せない
自身の原色に
染めようとは
決してしない
思い立っては
走り進み先へ

留まる時だけ
在りかが判る

（五月二十三日　国際交流センター）

あぶもぶゆも

引き水をした
田の草取りを
日ごと続けた

あぶに刺され
ぶゆに次々と
血を吸われた

四ツ這い続け
玉汗は黒い雫
黒い水田の中
続けて落ちた

往年の想いは
奇妙に愉しく
雨期の六月前

あぶもぶゆも
遠く山向こう
どこへ行った

（五月二十四日　今井川）

にごり江

水かがみ

色彩なく
風情なく
形ばかり

ぼんくら
ぼんのう
平平凡人
写る画像

（五月二十五日　濁り川）

みず　かぜ

水の日があって

きまった川すじを
同じ方向に流れる
いつもの漣が揺れ
同じ型の水もよう
陽光を空に返して

さっと川しもから
川かみに向かって
風が吹き上がった
波は泡立ち逆巻き
形と色とを変えた

風の日もあって

（五月二十六日　矢上川）

なみき

遥か影
ぽつり
かすむ
ひとつ
小がらな
うしろ影
こどもの
ようにも
おとなの
ようにも
見える影
むかし
なのか
この先
なのか
どこかが
おしまれ
ふしぎに
くやまれ
奇妙にも
はじらう
おぼろ影

（五月二十七日　今井並木）

低くも高く

高みを誇り
亭亭と桜木
大樹の名を
負いながら
悠々聳える

根元を好み
陰に横這い
陽光を仰ぐ
どくだみ草
別称は十薬

（五月二十八日　浦安境川）

見える葉がくれ

幹太々と葉繁る
欅並木の向こう
学園の窓が光る

校舎　校庭
キャンパス

児童　生徒
学生　院生

学びの数が増す

ゆめに近づいて
夢から遠ざかる

（五月二十九日　多摩の学園都市）

「青」のうちそと

青の向こうは　白
白のさきは　透明
不確かなほど広く

夏空のなかで影は
ありあり形を定め
光さえ放っている

限りの有るものは
限り無いものには
及ばないと知りつ

及ぶ限りをながめ
眺めの外をのぞみ

望みの外をねがう

（五月三十日　伊勢橋）

ふぜい浮かべて

真っ直ぐ陽は射し
右に左に風が渡る

さざめき揺られて
今井の川波が進む
遠く時を流れ来る

今こそ平穏の水音
かつて音高く荒み
逆巻き波立った日

今は何気無い瀬音
今井の橋下を往く
返り水を遠く忘れ

季節の風情を添え
さつきの花一むれ

（五月三十一日　今井橋再訪）

七行　詩

闇の中を前方へ往く

いくたびとなく先へ

地下鉄のように月日

目を閉じて外は何も

見ないまま辿り来た

五十年間先の年月日

先々の今……ここに

（六月一日　王子駅）

やまなみ

一分ごと掌に乗せる
大切この上ない現在
過ぎてしまえば過去
貴い時も過去の内か

まばたきに合わせて
胸裡私かに念をおす

いま目前を通過する
窓外の山なみを見る
想い浮かべて後の日
訪れる時あるように

（六月二日　四方津駅）

あこがれ日

——後の心へ——

ゆるやかな
おだやかな
風　陽ざし

あさ　ひる
はる　なつ
あき　はる

おだやかに
ゆるやかに
常時　月日

（六月三日　木月祇園町）

木かげ人かげ

繁みに溢れる陰
老樹を染める光
八百年来の光陰

想えばおぼろに
百年に満たない
細々薄い一人影

伝える跡もなく
大樹に副って今
僅か木蔭に寄る

（六月四日　巨福呂）

声たからか

湧きあがった喊声
満ちて溢れる覇気
地上から大空まで

焦がそうといのち
疾風は高く沸騰し
空中で紅く染まる

競技大会は終了し
校庭には澄んだ風
夢見の丘を遠景に

（六月五日　加瀬中）

風の念い

足許の岸
笹叢を分けて
桂の河を背に
楠の梢の先へ
涼風がはしる

繁る枝葉
隙間を分けて
止むことなく
扇山の稜線も
越え登る川風

（六月六日　甲斐鳥沢）

朝　水かがみ

映る影ひとつ
ひとつが逆さ
だからいいさ
更におおよそ

それにゆらり
ゆらりとして

水辺に立った
自身でさえも

あいまいな影
岸辺の先の日

ゆらりゆらり
想いに浮かぶ

（六月七日　江川）

そらもよう

曇天の　七階
窓外を　望む
見える　近隣
見えない遠景

不安が　あり
疑問も　あり

迷いが　あり
不思議もある

見えなくても
望めなくても
願いの向こう
祈り　ばかり

（六月八日　東京暮色）

行路

降って　止む雨
止んで　降る雨

同じようですが
大きく違います

そんな気がして
ならないのです

止んだと思うと
いつも降ります

今日も　止む時
じっと　待って

幾十年の人生に
重ねてみました

（六月九日　巽《たつみ》橋）

とどろき

交叉した枝が
感情だとする
時時認め合う

差し延べた枝
主張だとする
左右譲り合う

水面に映る枝
憧憬だとする
未だ限りない

入り組んだ枝
この半生かと
思い納得する

（六月十日　等々力緑地池）

かぎり　なく

どこかにあるもの
窓の外の青い葉陰

ないように観える
窓の外の透明な窓

なぜか　あるもの
風が打つ葉陰の光

とくに　あるもの
遠景の無色に多彩

一点に立つ窓の内
蕭然と心繞る自身

（六月十一日　井田山病院）

つぼいがわら

存分に延びる光
とめどもなく風
歴史が忘れた林
甲斐の置き土産

坪井川原河の森

息をはいて吸う
左右に跳んでは
前後に呼びあう
鳥や昆虫を優先
人達の止まり木

（六月十二日　坪井川原）

あこがれて

冒険だったのか
憧憬だったのか
高所好きだった

安定なのだろう
不難なのだろう
平地好きになる

木登りもなくて
山登りもない今
少年小説へ戻れ

（六月十三日　武蔵小杉高層ビル）

耳目　賛歌

見えないものばかり
じっと眺めています
見えるようになった
ような目はそのまま

それでも視界は広く
なった　つもりです

聴こえない音に耳を
傾けてばかりですが
お力です　お陰さま
続く感謝いつまでも

（六月十四日　等々力緑地）

神鳴り

譬えるなら
中天の巨塔
城郭の鬼瓦
割れ堕ちて

言い知れぬ
突如の偶然
邪悪の神業
銀河の霹靂

初めて聞く
吾が戒めか
神鳴り響く

（六月十五日　深夜）

今度こそ

この季節
こんな日
こんな夕
この時刻

たどった
みちすじ
まがった
まちかど

こうして
これまで
幾たびが

過ぎたか

（六月十六日　木月草広場）

今も　遠く

足許を打つ嵐
見上げる斑雲
その先に白雲
遥か深い青空

右顧左眄して
高く探しつつ
仄かに安堵し
さらに眺める

動揺は繁みを
心配は頭上を
超えて彩りに
やがて望みに

（六月十七日　木月伊勢橋）

あと　さき

視界の内にある
流れ
――現在
回想の内にある
流れ
――過去
想像の内にある
流れ
――未来
流れの外にある
奇妙
――自我
笹落葉が百年の
水に
――浮く

（六月十八日　二ヶ領水）

馴染みかぜ

山岳の緑陰
葉影の爽風
置き土産か

数枚の片片
尋ねる光陰

戻る心涌く
上野原の淵
川向こう瀬
峰から寄せ
麓に帰る風

（六月十九日　上野原・桂川）

まつの呼びごえ

「待つことだけが
人の世」と言いつ
風に吹かれそよぐ
野のはなのような
人生を詩に書いた

甲斐井尻生まれの
遥か塩山の松が枝
遠景の頭頂で招く

中央線を西へ往く
道は全てが一直線
「早う来い来い」

呼ぶ声は急ぎの道
曲り角を超え来る

（六月二十日　潮の山）

人ごころ

微　風
多少を問う
涼　風
感覚を問う
無　風
有無を問う

幾たび
たずねては
度ごと
自答重ねた

なにも
訊ねないで
応えを
待ってきた

（六月二十一日　渋川並木）

宿河原

地名を口にしては
動転心をしずめる

未熟でも過失でも
ない奇っ怪な痛恨

言えば言い訳だと
自戒が熱く泪する

二十九歳時の猪突
囂々非難超えた河

今東へ消えて往く
白い影のある領域

水門から噴き出し
激流を超える月日

（六月二十二日　宿河原）

いとなみず

繁吹とめどなく
高々大波立つと
消えるさざなみ
小泡が後を追う
川面は静まって
澄みとおる流れ
悠々小ぶりの虫

幾重に幾重にも
輪を拡げていく
流れを澄まして
瀬音を鎮めても
身を沈める日を
知らないいのち

一点みずすまし

（六月二十三日　稲田堤）

あめふる一の宮

いちのみやのあめ
激しく明滅する雨
上総一の宮の駅舎

いちのみやのあめ
淡く光を返した雨

甲斐一の宮鎮守森

つゆ盛りの雨の音
響きの中に呼び声
いちのみやのあめ

雨の声を追い続け
ふるさとを離れて
上総一の宮で下車

（六月二十四日　外房線）

詩・句の声

ぶどうの葉かげ
かぜ吹けば
すずしき　声の
よみがえる

ああそうだった
かげの仕事
いやだったから
旅立ったが

とりも鳴く
青葉の蔭に東風
耳へ老いた
遥かおなごの声

（六月二十五日　石森）

斯界

そっと　舞い降り
ぱっと　巻き発つ
ここが原初として
わたしはいずれか

人は髪に手を添え
人は梢に目を向け
微風の行方と野雀
動静をさっと見る

暫くは　つづいて
瞬時に　追い込み
平然とし事も無く
わたしはいずれに

（六月二十六日　井田）

駐車広場

上へ　下へ
生を招いて
右に　左に
一心に懸命
首を振って
廃車の蔭に
はなひらく

まだいやだ
もっと先へ
死より命が
欲しいと声
風に伝わる
芥子の可憐
よう今まで
長らえきた

自然の偶然
善意の誰か

（六月二十七日　木月駐車場）

過小　過多

ひと声鳴く飛燕
いつまでも遠く
行方を見送った

幾度もさえずる
ひよ鳥の数かず
来し方を考えた

ふと　明日の席

語る自身の念い
話題の　数々を
鳥に重ねてみた

（六月二十八日　木月伊勢宮）

羨ましい人

一寸　気の毒そうな顔を人がすると　すぐ
勘介やんは　言うのだ
「これでいいんだよ」
一寸　目が見えなくて　一寸不自由な歩き
「それで丁度いいさ」

よすぎれば人の痛み　人の苦労知らずだよ

足がわるくて　目もわるいが
しごとをすれば人並以上だよ
〈跛者で隻眼　為事が上手〉
甲斐武田家史書　『甲陽軍鑑』が言うのだ
羨ましいね　四百年以上前の山本勘介やん
真似できないやつがれだから

（六月二十九日　山梨図書館）

霞　まで

最上階へは
どの辺まで
進むと辿り
着けるのか
登らない空
念いつつも
期を待って
希みの名を
別の思いに
変えて望む
高層ビルの
遠景に霞む
昇り階段を

（六月三十日　小杉ビル遠景）

流れに望み

今の流れを
決めてきた
このまま後
行方を希み
期待もした
が今日まで
どれほどの
人と念いの
重なりの末
迷い流れの
水面に浮く
緑蔭なのか
かる鴨一羽
泳ぎを望む

（七月一日　渋川北岸）

ながれに習い

急流でさえも
川波はその先
波を追い越し
したりしない

大波も小波も
川波のままに
先へ先へ進む
流れは休まず
戻ることなく

こころ重なる
うず巻き淀み

（七月二日　再び渋川）

こくびゃく

白い壁に白い
ドア白い時計

ただ二本黒黒
時計の長短針

是も非もなく
確実に切る時

はっと気づく
本物のいのち

ここまで辿り
ここに居るが

この先続くか
惑溺と黒白と

（七月三日　関東病院）

脇の季節

大急ぎ通り過ぎる
大集団で往く人々
音は鳴り風は舞う

驚きもしないまま
掌をひるがえして
首を傾ける線路樹
だが移動はしない
決めた位置を守る
人々が遠ざかると
そっと吾を省みる

葉の緑と枝の光を
頭上の雨空に反し
沿線脇の夏を守る

（七月四日　井の頭線）

決めごと

夏のあかつき
川岸に拡がり
さざなみだつ

水面に溢れた
あらたな時が
伝わってくる

〈ここからは
たしかな今日
これからは〉

（七月五日　二ヶ領水東岸）

おさな児の声が

ハトさんが来た
と言って指さす

カメさんが居る
と言い高める声

寛永時の歴史水
来し方と行く末

川面に飛び来る
水辺に甲羅干し

（七月六日　二ヶ領用水南岸）

葩へんげ

多少の少
少年時代
曇りの日には
奮起を決めた

多少の多
多年時代
曇りの日にも
頻りに憧れを

岸辺に紫陽花
青から今白く

（七月七日　下沼部）

伊勢橋の許

坂道の起伏
月日の曲節
さえ超えて
耳に寄せる
フルートの
奥深い響き

嘆きを改め
密かに問う
時を顧みて
橋桁は低く
曇天の薄闇
機を待つ心

（七月八日　木月伊勢橋）

水の屋号
——車窓から——

深緑蒼葉の内
音だけが走る
人影は無くて
咲く葩もない
山麓を疾走の
鉄の路二本線
音高く渡る橋
桁の下は桂川
水面に浮く影
日乃川温泉郷
窓は閉ざされ
煙は立たない
水かげの看板

呼びつづける
往年の光と陰

（七月九日　四方津・鳥沢間）

欹てる

寄せてくる
またかえす

近づいてくる
また遠ざかる
岸辺でもなく
往来でもない
こころの内に

いく度となく
くりかえす
沖の風・声

（七月十日　川辺運河）

ハチ公広場

音曲がとどろき
歌声が交差する
喚声があがって
呼び声がはしる
皆若く湧き立つ

青い桜葉の輝き
ビルおろしの風
何も彼も踊って
浮き立った広場

置いたまま来た
忘れ物でさえも
ラッキーに溢れ
新たに瞳が開く
新たな夢に眈る

（七月十一日　ハチ公の広場）

ブレーメン通り

目の前に人
人の先に時
時の先に空

深々とした
遠い時と空
何か探した

求め続けて
迷いつつも
辿ってきた

空の下に人
人の後に時
前にいのち

（七月十二日　ブレーメン通り）

あらたに　たしかに
―ページ日記―

さてさてこれから
さあさあこれから

これからが吾が身
為事こそは吾が事

迷い事などはなく
止まる事さえなく
これからは一途で
為事だけは進める

新たな　のぞみを
確かな　しあげに

（七月十三日　木月祇園）

曲　驟雨

小走りで右往
急ぎ足で左往
濡れることと
濡れないこと

異なった平常
変わらない日
ブレーメン街

午後五時放送
メロディーが
夕刻を告げて
緩やかに響く

（七月十四日　ブレーメン街）

うたごえ

ぶどうの葉かげ
かぜ吹けば
すずしい風
よみがえる
ああそうだった
葉陰の畝切
崖渕の蔦切
辛くて辛い
心に残る幾月日
とりも鳴く
青葉の陰に
寄せる草風
耳に野の母の声

（七月十五日　津田山）

流れに望み

今は偶然と

決めてきた
このまま後
行方を希み
期待もした
が現在まで
どれほどに
人に願いを
重ねた末か
夏川の流れ
水面に沈む
緑陰を凝視
かるがもの
泳ぎを望む

（七月十六日　渋川ふたたび）

詩の礼状

朗々として声
響きさわやか
感激の　劇詩

さながら　に
以て味は深々
聴く人の耳に
打ち寄せつつ
心の詩お届け
下さいました
耳をそばだて
心を開き聴く
感激の連作詩
お届け下さり
感謝申します

（七月十七日　駒込会場）

はくじつ

青いビルは白く
白々と輝く窓框

框に溢れる夏陽
ガラスに跳ねる
往来の玉汗の露
踊り注ぐ陽の光
街の汗と空の夏
交差する人通り

避けないで踏み
出す酷暑の歩幅

（七月十八日　小杉ビル）

伐採のち

幹は一本
枝が二本
太々短く
切り取り
残る老樹

山麓跡地
葉のない
枯木孤立

眺めると
小枝三本
蘇る若芽
見詰めて
激励送る

（七月十九日　井田山）

いち兄さんの会

あっハハと笑う
と　歯がみえる
見えるはずの歯
ない男達ばかり

そうダそうダと
みんなうなづく
頷くと顎が細い
細い髭もわずか

では何が愉しく
集まってきたの
それはあれから
生きてきたこと

（七月二十日　武蔵新城）

みず　の　こえ

風が渡るわけではなく
岩が拒むわけでもない
ないけれどもきこえる
波紋の拡がることなく
泡立つこともないのだ
ないけれど何故か響く
遠く辿ってきた用水流
笠取山の水源で生まれ
伊勢橋の暗渠にきえる
うまれた時の声もなく

きえる時も無言のまま
何故か聴こえきたのは
百二十キロメートルも
長い時を辿った水の声

（七月二十一日　伊勢橋桁下）

緑地の先

近くの森
遠景の森へ

分け入り
入り進む
樹の一本も
枝ぶりも
深い葉蔭
眺めながら
ここまで
樹間の先
遥かな森に
瞼を開き
望む風景
目の前から
更に辿る
霞む遠景
甦る森林へ

（七月二十二日　生田緑地）

遠ィ　オ詫び

あるのですか
ないのですか

どちらなのか
わからないの
それはどちら
と思いますか
みえるものと
見えないもの
それはどちら
と言えますか
少年のころは
見えない根を
讃えないまま
見える枝葉を
褒めたのです
ぶどうの枝に
白い花が咲き
葉蔭に大きな

房が実ります
アそうでした
根っこが房々
育てたのです
ごめんね玉宝

大粒の葡萄は
根のお蔭です

（七月二十三日　甲州園）

信号

確かに立ち止まった
変わる色を見ないで
手を引かれて歩いた
七五三の　五から七

何回も見なおしては
心配しながら歩いた
六三三四の　六三三

幾たびも悩み返して
やっと前進を決めた
十五　二十　三十前

変わる色によく馴れ
闇の深さを諦観して
信号のない途を辿る
七・四十九・満一年

（七月二十四日　西明寺前信号）

灼熱

撥ね反る日射
鋭くとがった
刃がねの光線

頭上の路上の
屋上の総ての
いとなみの上
用捨なく注ぐ
真夏の陽射し
押し反り打ち
反り空を焼く

踏み出す炎天
真夏のいのち
玉汗に換えて

（七月二十五日　ブレーメン通り）

ヒップホップ

左右と後前と
跳ねて二回転
水岸のヤング

背腹に下上に
手首と両腕と
別々に箇々に
空中で燦めく
スコルダンス
ヒップホップ
インスピレー
ショウダンス

飛沫と瀬音に
合わせ背いて
無心のダンス

（七月二十六日　伊勢橋下）

ポケット一君

ポケモンって
なんでしょう
そう　正体の
知れない怪物
びっくりです

でもかわいい
何といっても
ポケットくん
だからですね

大切にしてて
かわいがって
だいじで大切
友達の一人に
してあげてね

（七月二十七日　モン好き孫へ）

手水殿から

歴史は常に静謐
昨今はスピード
祈願する人々は
唯々黙して祈る
叶え賜う本殿も
祈り捧げる人も
いずれも只黙々

鎮めて座します
その右側頭上を
音高く高架線の
急行電車が疾走
一分さえ遅れの
ない時の確かさ
静謐を打ち破り
五百年来の歴史
時間を貫通して
急ぎの現代が音
高々通り過ぎる
音を残して人を
連れ去る異次元

（七月二十八日　住吉神社）

曖昧な目

遠景のビルが
ある　と判る
高いか低いか
分からない
繁る青葉の色
それは　判る
濃いか淡いか
分からない

どこから来て
どこへ往くか
あと　さきは
分からない
ビルと青空を
流れに写して
往くせせらぎ

（七月二十九日　眼科医院へ）

カンテラ闇

窓外に青闇
微かに払暁
ざわめく葉

高鳴る鼓動
はッと甦る
続くいのち

これでいい
これもよい
夜の次は朝

偽事あまた
学び溢れて

闇には濁流

（七月三十日　払暁）

夏は　勇気

酷暑の夏と
言いますね
疲れも出て
汗も出ます
だが或る方
勇気が出る
と言った方
驚きですね
武者小路の
実篤先生言
無車先生ら
しいですね
あなたには
すぐれた両
先生おあり
ですね勿論
おとう様と
更に自身の
英知ですね

（七月三十一日　副院長子息へ）

きめごと

さざなみだつ
川岸に拡がる
青葉のひかり

「今日からは
たしかな今日
これからは」

水面を溢れて
あらたな時が
伝わってくる

（八月一日　二ヶ領水南岸）

二いろ二線

白く　黒く
直線と曲線
あまりに白い
真夏の日差し
見ごとに黒い
樹間の深い影
どこまでも

真っ直ぐな
炎天の陽光
受けて反し
曲る波の紋
強烈な暑さと
控えめな涼風
すず風の内へ
人は立ち寄る
わき水には
二いろ二線

（八月二日　等々力池）

ある　ふみ

ひとえに只ことのは
と言う時の言葉とは
何だった　のだろう
　意思を　伝える
　感情を　表わす
　年期を　述べる
それ以上　あるのか
　想像に　託して
　願いを　籠めて
　　祈りを　捧げて
更に高く　深い位置
　視界を　超えて
　自然界　も超え
　念いへ　つづく
やがては　人の心
いのちの表現へと
寓する文章を戴く

（八月三日　一通の手紙）

おもいのままに

ゆっくりゆつくり水流
なしおえていないこと
いますすめていること

山のように海のように
高だか広びろあるけど
近くへやがて近づこう

四百年来流れ止まない
二ヶ領水に夏の流れ葉
おもいのまま東へ進む

（八月四日　二ヶ領水南岸）

すき間かげ

細々とした透き間を
かいくぐって流れる

とめどなく先へ往く
時間を溜めつづけて
人々はいのちを積む

地上地下合わせると
三十五階の高層ビル

林立する高層の裏陰
人々を積み忘れた光
微かな叫びとなって

夏の風が潜り抜ける
陰の影は私の帽子姿

（八月五日　武蔵小杉）

まつこと

赤い鳥を待つ
朱い実の枝々
千両か万両か
ちぢに溢れて
まんまん繋る

鳥は来ない
虫も来ない

黙っていのち
無表情で待つ
アそうだった
待つ事だけが
人生だったと

（八月六日　祇園橋桁下）

三十六度

湧き上がる
汗と一緒に
生きかえる

甦りの季節
炎の日今日
会えました
ありがとう
暑いけれど

白雲眩しい
朗々と天候
燃える夏空

（八月七日　井田新道）

夢見ヶ﨑の先

みえないものに惹かれる
かすかな声が呼びかける
その果てがあり
それ以外がある
不安もあり　疑問もある
それでも不思議にも招く

見えるものは確かにある
大きさも　高さ　深さも
はっきり分かる
限界がよく判る
一見安心と思えるけれど
夢見ヶ﨑の先を知りたい

（八月八日　加瀬山）

わたくしの右顧左眄

水を掠めて声が届いた
遥かに辿って来た声だ
流れは平然として先へ

岸辺の向こうは楠木林
群れる野鳥の囀りかと
立ち止まり耳を傾けて
不思議な表情に変える
人は唖然そうしている

淡々とつづく素振りで
一途の念いを進める川
野鳥の無事を願いつつ

（八月九日　宿河原口）

古墳の遠景

鬱蒼と古墳の丘
いくたび訪れる
新緑の影も鬱蒼

ひらり渡る微風

葉がくれに流れ
多摩川西は遠景

重なる甲斐連山
遥かに眺望の先
往って帰る望郷

くりかえす懐郷
今　六十年の後
新たな旅立ちを

（八月十日　多摩川古墳へ）

健気なわくら葉

青葉の中に散る
枯れた葉が一枚
遥か感慨も一入

昨年の春この道
青葉の内に散る
若葉を嘆いた路

一秋凌ぎ一春も
超えて今この夏
青葉の内に舞う

（八月十一日　新安並木）

甲斐から更に

三叉路て言う
けんども右へ
左へ往くらか
道は二つだけ
もう一つの路
それは今まで
辿って来た道
引き返せんら
過去からの道
只一向に帰り
たく思った日
三叉路の余り
一路が惜しい
今は真っ直ぐ
一途の路だけ
先へぜったい
急がんずらに

（八月十二日　ブレーメン通り）

遠く　近く

何も動かない

誰一人いない
だが声がする
遥か向こうの
人声ではない
近くで語る声

耳を傾けると
伝わってくる
言葉ではない
永く遠い意思

分かりました
畏み尊び屹度
大切にします
朝は未だ眠り
風も起きない
参道の梅青葉

（八月十三日　住吉参道）

並行の平行

道に並んだ川
川に沿って道

どちらが先で
どちらが主副

問いかけより
並びつつ遡り

ともに下流へ
中流に立つ今

憩う影　二人
望外の　遠景

（八月十四日　多摩川登戸）

てんちじん

白い日　熱を帯び
暑い日　赤く変色

染まる　地上は黒
後雨曇　空に返す

夏空は　色を透き
白い夏　光る夏に

横一面　変えゆく
一途で　律儀の空

何処か　人に似て
何故か　天の邪鬼

（八月十五日　今井白田）

白い　恩恵

青桐の葉は白
屋根瓦も白い
電柱一本ごと
白くまぶしい

夏空広く舞う
白い光は反し
鋭い熱となる
眼に染み透り
皮膚をこがし

この暑い光は
どこから来た
暑い痛みと共
激しい反射心

夏空をあおぐ
ふと白い光は
恩恵に変わる

いのち嬉しい
推進のちから

（八月十六日　浦安今川並木）

百年の　乗客

何も遠ざからない
何も近づき来ない
窓側は同じ外の闇
車内は走行の響き

人それぞれ何かを
しながら何か思う
黙って座るばかり
こんな時もあって

私も降りることを
ばかり考えて先を
望むことなどない
多用急行を望んで

（八月十七日　地下鉄　広尾）

草の波

平然として
見送っては
黙ったまま
ただ揺れる

驚くように
嘆くように
私に見える
が風のまま

強い主張や
確かな意地
あるように
見えて柔軟

そよぐ草葉
波の間に間
安心しつつ
白蝶は舞う

（八月十八日　井田山）

青葉の　塔

前後に揺れる
左右ではない
若葉を超えて
青葉に成長し
勇々然として
並ぶ桜葉の樹

四月の　往路
八月の　復路
今こそ果敢に
繁る葉桜並木
青葉樹の梢に
法大の時計台

（八月十九日　木月大町）

河原　瀬音

微かな響き
仄かな声に
耳を傾ける

そうだった

確かなこの
響きこそだ

わたくしの
本来の念い
偽事だった

そうだった
頷きながら
六十余年来

未然の声に
独り微笑を
静かに返す

（八月二十日　笛吹川・万力林）

旅の朋

心高鳴り
心鎮まり
救われる

小さく憩い
忘れた念い
吾にかえる

詩と共に
つづけて
よかった

こののちも
どこまでも
往路のとも

（八月二十一日　祇園橋の夕）

時の数々

この季節
こんな日
こんな夕
この時刻

たどった
みちすじ
まがった
みちかど

こうして
幾たびか
過ぎたか
今度こそ

（八月二十二日　木月今井）

川は湖

見たことのない湖
川のように横長で
滝のように急流で
水のとどまる様子
想像もつかない湖

水岸に駅があって
電車が停まるたび
呼ばれ続けている
桂川と言われる河
近くの駅だったが
別名なのか相模湖

（八月二十三日　中央線相模湖）

ながれ　とんぼ

ゆるやかに明滅
西から東へ流れ
光を映して陰を
染めながら下る
変わりないのか
以前のまま凡て
今年の夏　昨年
一昨年の　夏季

ここに来て幾年
この地で幾十年
二ヶ領用の水面
江戸の昔からの
流れのうつろい
かつては舞った
黒羽根の蜻蛉姿
白羽根ばかり今

（八月二十四日　二ヶ領用水）

頭上は青空　足許に梧桐

ひとまるむつの吾が物語
ひとまるむつは一〇六歳

こころきり決まらない
あれこれあまたの目標点
あいまいな想いばかりが
とめどもなく涌いてくる
たしかな願いをまとめて
きっぱりと行動にうつす
迎え続ける日々ゆく先々

いのちさえもみずからで
方向づけなくてはと念う

（八月二十五日　木月伊勢広場）

誘う　横目

風の間に間に
はたはた　と
はためく　旗
半分翻っては
とめどもない
見える文字の
半分だけ浮く

街往く人目と
歩みを止める
美女弁天通り

肝心な支払い
半額で済みか
半額後払いか
「セールス」
文字だけ確か
ピーアールが
はためき続く

（八月二十六日　弁天通り）

水の声

鳥は　鳴き
人は　泣く
それでは山
さらには川
一体どちら
だったのか
考えないで
決めないで
二ヶ領用水
この流れの
淵に立った

鬼は　嗤い
人は　笑う
それでは草
さらには木
結局どちら
だったのか
そうだった
心あるもの
泣いて笑う
時には鳴き
明日を望む

（八月二十七日　二ヶ領用水）

別々　同じ

ミュージック
いつもの曲
同様に流れる
一人ひとり
違っているが
皆同じ駅の
改札口の先へ
その先には
また違う先々
だが何一つ
違いない様子
同じ足波が
つづいて進む
幼く多感な
耳に聴いた曲
ブレーメン
音楽団演奏曲

（八月二十八日　ブレーメン通り）

望む　望み

視線を上げる

遥か仰ぎ望む
上の上は空で
空の先は何か

空は空き間で
空は空しくて
何もないのか
望むその先は

そうだろうか
笑みがこぼれ
涙がひじんで
空はまぶしい

（八月二十九日　平間橋）

葉づき

はっ　気を引かれて
眺める目　夏の落葉
ああ　小さくため息

気を引き止めた三葉
色淡いわくら葉二枚
その蔭に若葉の一枚

覆うよう庇うように
季節は四季を巡って
緩やかに運ぶいのち

（八月三十日　今井並木）

流れに似て

長い距離を
急ぎ歩いた
短かった日

短い時間を
ゆるり進む
長い一日間

響きこまやか
流れゆるやか
四百年来の水

（八月三十一日　二ヶ領水北岸）

ふ　り

大ぶりに
小ぶりに
揺られて
揺れては
時を待つ

風そよぐ
槻の樹の
一葉一葉
大きく枝
小さく葉

一葉の日
一枝の月
合わせて一生の樹

風の限り
大ぶりに
小ぶりに
嘆きつつ

（九月一日　今井橋）

まぶしさ

路上に立つと影
灯火を消して後
横たわっては蔭

蔭影に押される

常々光をのぞむ
太陽は世界では
ないかなと仰ぐ
世界はまぶしい

（九月二日　木月）

どこか三叉路

直進はしない
右折でもなく
左折でもない

一度は止まる
右前方を見て
左前方へ進む

戻りはしない
戻りたい時も
すすむ年月日

（九月三日　ブレーメン通り）

奇遇

岸にたたずみ
目を開く瞬間
ふと見える光

音一つなく
動きもしない
気配さえも

それでも進む
ゆるやかな水
ひそやかな時

（九月四日　濁り川）

時折

人知れない
芝草を育て
流れを進め
薄雲を渡す

日日数えて
長いと笑み

短くため息
人は忘れる

その外側は
知らないで
常に内側に
生きている

暑いと話し
寒いと言う
季節だけが
知った深遠

（九月五日　濁り江）

波の瀬は　甲州弁

先の先は　甲斐市部
ここまで一二二キロ
この時へ　三十二年
　なんちゅ懐かしさ
　励みになるずらに
深沢七郎さんの代弁
駿河湾岸沿いに蒲原
明滅する月日の反射
北を望むと富士川が
急流を押して寄せる

今川焼の薄いけむり
ラブミー牧場の草熅
甲斐石和の富士川岸
先を急ぐ名高い流れ
　よくぞまあまあな
　せせっこましくも
　ならずにここまで
　ようきたもんずら
七郎さんに変わって
河原瀬音の褒め声が
上流から響いて来る

（九月六日　蒲原）

二つ　一くみ

こちら岸から
向こう岸へと
視線でたどる
あの洲に寄り
岸にたたずみ
こちらを望む
望みつつ憩う

今日から明日

昨日から今日
反復し往来し
中途で留まる
戻れない昨日
だが今も先も
みな願い一双

（九月七日　多摩中野島）

早い　秋に

ひらり　一ひら
頭上に降る落葉
色彩はゴールド
イエローは浅く
レッドは深々と
早すぎる一ひら
どうして　私の
目に呼びかける
もの言いたげで
言わない一ひら
だれだったのか
春の盛んなころ
満身の念い籠め
花開かせた青葉
葩の季節を送り
今降りかかる葉
いろ濃くて深い
枯れ葉ゴールド

（九月八日　矢倉橋袂）

うつせみ

葉は飛び無数
枝々も落ちた

散乱する備品
急ぎ寄せ整え

平常の舗道に
戻したけれど

集める落葉の
内に蝉の羽根

声も形もなく
いのちの一枚

（九月九日　矢倉橋へ）

水の心情

陽射しは鋭い直線
微風は間断の点線

並行する線上に光
暑気を白く換えて
照り返す渋川の岸
泡立ち一つ瀬音も
淀みも分岐もない

水面の動きは一向
眼の内まで寄せる

（九月十日　渋川岸）

団々と　前へ

先を眺めた
ボールペンの先
走る車の最前部
歩く靴の先まで
尖っている

先に前にと
走って止まない
常に急ぎに急ぎ
省みることなく
尖った時間

淀み川は段々と
川波に団々と心
浮かべ憩う

（九月十一日　井田せせらぎの道）

朝がある

道　一本遠ざかる
道　とは言えない
芝草のつづく一筋

左右は荒地の雑草
かつて桑畑という
残る　切り株の跡

遠方に連なる城山
蜂城の遥か山なみ
雲の城壁を押して

草の土塁を踏んで

道は東方へ進む
進む念い今もなお

蜂城の山をめざす
山の東に朝があり
歩む念い未だ

（九月十二日　蜂城山遠景）

深みの先

その先は見えない
深山　深海と言う
そうだったのか

その先も見えると
言う　深みの先々
澄みきった流れ
一望十キロの山際
差し手の磯と言う

権三郎笛が響き
水澄む岸は山の麓
微風に心拭われて

（九月十三日　差し手の磯）

みずかがみ

近付いては
とおざかる
人の往き来

黙って映す
影は重なり
往き過ぎる

淡々と笑み
満々と讃え
淀み浮かぶ

風は落ちて
幾百年来の
遥かな人影

（九月十四日　祇園橋）

さみどりへ私も

新緑ではなくて
季節は中秋だが
目を見はる早緑

山また山の初狩
紅葉を前にして
不思議な色若葉

山を高く見せて
裾野を広く見せ
季節を飾り立つ

大月に隣り合う
閑静な駅で下車
中秋の山へ私も

（九月十五日　初狩）

しののめ

東から西へ
右から左へ

自然でなく
必然の流れ

夜は遠くに
風も来ない

雲は決めて
確かな流れ

東空を眺め
朝雲を望む

（九月十六日　木月大町）

並　立

ホワイト
きっぱり
レッドも
きっぱり
二つビル

融和と言い
調和と言う
平和一番の
世界の現代
バランス彩

共に並び
合わせて
映え建つ
人影多い
二つビル

（九月十七日　木月大町）

虫虫の日日

すると　消える
日頃の　笑い種

すると　浮かぶ
自己中　惑い虫

時間が　ない上
多用だ　次次と

などと　弁解し
急いで　自身を

忘れる　日ごと
慣いの　虫の日

（九月十八日　木月祇園町）

雲に寄せて

遥か秋ばれ
ただ一途に
漂う白い雲

呼びかけて
呼び寄せて
頻りに招く

こころ勇み
舞い上がり
大空へ及ぶ

（九月十九日　春日居街）

のべおくり

静かに穏やかに
訪れるものあり

黙って往来する
ものもあるのか

時の移り　運命
いいえ　さらに

大切な　ひとつ
ただ一つのいのち

（九月二十日　宮前平）

白い初志

季節はあき
時は　あさ
闇の果てが
再び見える
トンネルの
先の白い光
所は　笹子
初志は再び

（九月二十一日　笹子）

くさかべ

涼風が寄せて
月日が訪れた
人に再会して
笑みは満面に
ふと過ぎた日
想いに浮かぶ
〈この日こそ
このままに〉
月日は常づね
過ぎるばかり

（九月二十二日　山梨・日下部）

すずかぜ

右もビル
左も同じ
わずかな　すき間に
そよ風が寄せてくる
帽子をとり目を細め
涼風に熱気と汗とを
泳がせては　沈める
右も人人
左も同じ
人々の住む街の高層
人と人とはざま軽々
すず風が渡っていく
荷物を格子に導いて

急ぐ人もほっと憩う

（九月二十三日　武蔵小杉）

岸辺のしにせ

まばたき数々
遠く近く人影
憩いの間に間

岸に寄せる光
水面に涌く蔭
心に流れる曲

二ヶ領の用水
分岐点の老舗
客のない午後

窓の向こうは
流れに映って
限りない遠景

（九月二十四日　二ヶ領用水北岸）

一字の　うた

積もる為事の右に
希

翔る時のはざまに
憩

恩恵で閉じる一日
宵

帰途の岸辺に水月
情

言い知れない謝意
星

（九月二十五日　今川橋）

遥か　もず

あっ　もず
繁みの闇を
白く開いて
走る鵙の声

可能は不可能だったが
甲斐・伊勢の宮から鵙
深々と遠々と今もゆめ

そう　もず
今も鵙の声
白い多摩川
水に映そう

（九月二十六日　西多摩川）

おと高揚

音が鳴る
遠く響く
和太鼓か
胸搏つ音

一体何か
響きの中
湧く激励
奮起一番

気意高々
森向こう
寄せ来る
鼓舞轟き

（九月二十七日　住吉神社）

宿河原

音　高く
声　微か

足元の現在と
瞑想の過去と

何を受け
何を残し

日時の到来は
月日の流れは

響きなく
何処かへ

河原堤の水面
河原分岐の波

（九月二十八日　多摩宿河原）

未然の声

あぁそうだ
耳を傾けて
頷きながら
十年この方

あぁやはり

こうだった
と独り笑み
黙って返す

せせらぎ音

（九月二十九日　せせらぎ歩道）

続学　続習

児童の皆さんに
教えられ
生徒の皆さんと
勉強した
学生さんと一緒
研究して
社会人の教室で
また学習
想えば幾十年間
話し続け
ながら自ら学ぶ
まだまだ
その続きの先へ

（九月三十日　古書店街）

急ぎ　待つ

まもなく下がり
シャットアウト
上下線の遮断機
無人の警報音を
響かせて光点滅
急ぎつつ止まる
待つのだと自身
先へとせく自身
一瞬それぞれを
のぞむ自身の眼

やがてきっぱり
遮断機が下りる

それまでは暫く
自身で二色の眼
輝きのみで先へ

（十月一日　田中踏切）

山よ　海よ

知　情　意の　知
知が　元を建てる
とは　詩作の神髄
南西の山が説いて
十代の耳に届いた
声のない声だった

が　詩作・詩境は
情と意に支えられ
どこまで進むのか

振り向けば笠取山
多摩川の上・支流
だがこの流れの先
東京湾へ太平洋へ
大海原へ水平線へ
情意高く詩うのだ

（十月二日　中之島）

来て　往く

せり　もち草
ぐみ　桑の実
左右に食用の
草木が生える
田圃道だった

遠い一本路だ
が急ぎに往き
着くその先々
少年の身には
辛い為事の山

同様の路が今
足許から遥か
浅間の山麓へ
過去のように
つづいて往く

前途は新ただ
道草はしない
もち草もなく
桑の実もない
が心躍る路だ

（十月三日　千平路）

ひらりひと葉

ひらり　一枚

足許に落ち葉
そう　終わり
この　一葉は

見上げる枯れ枝
次は　半年の先
芽生えの　支度
休みないいのち

今年中に明年
今の内に次を
今こそ新たに
落葉一枚拾う

（十月四日　伊田山）

こころ延え

さっと　降って
ぱっと　霽れた
感情の　ような
禍福の　ように

急に　喜びの川
直ぐ　後悔の空

時雨を過ごして
平然と流れ進む
こうして四百年
二ヶ領水の川波

（十月五日　二ヶ領用水南岸）

ひねもす

雲染まる朝は
　朝のように
日の照る昼は
昼のように
月の反す夕は
夕のように

日々月々念い
　映り続いて
願いのような
胸裡に御宿
望みのように
　溢れて御宿

（十月六日　御宿浜）

おきざりの春

寂寥だったか
未練だったか

槻の葉が靡く
時雨音は秘め

今もまだ憧憬
違う全く違う

並木の先は川
流れに遠く山

名ばかり青春
一ときの迷い

靡きに遥か光
葉音に輝く陰

（十月七日　今井川岸）

右顧　左眄

ただ　前方を
だけ　見つつ
歩く　人など
誰も　いない

ブレーメン街

その　いない
一人　が誰か
忸怩　として
望む　窓辺席

（九月八日　ブレーメン通り）

新生

陽の照る岸
光を浴びて
陽に向かう
並木の路を
朝風と倶に

薄い紅葉も
心すずやか

今日の日は
今朝の朝は

続きでなく
たった　今
生まれた刻

（十月九日　木月並木）

末然の声

せせらぎ音

そうだった
耳を傾けて
頷きながら
十年此の方

ああやはり
こうだった
笑みひとり
黙って返す

瀬音に応え

（十月十日　せせらぎ歩道）

何処まで　賛歌

徒歩では
おそすぎる
急ぎ急げ
ランニング

ワットから
スティブンソン
ライト兄弟以来
あのダヴィンチ
走れ飛べ
地上を遥か
空中へと
やがてこの現代
大宇宙へ
無限の先までも

走れ翔べ
急ぎに合わせて
人間頭脳
先へ走る　賛歌

猶も　うた無限
先へ先を　詩う
詩歌　ポエジー

（十月十一日　夢見ヶ崎）

あとがきに　かえて

―日より日―

霽《は》れて、穏やかな天気は、日日の願いです。

けれど、それは願いですから、この日よりつぎの日へ、と新たな願いでその次の朝を迎えたくなります。

さほどのことも、できないのですが、時間を気にして仕事に出ます。いつも。

気にしながら、いつも、ちょっと早く出て、わずかに遅く帰ります。ちょっとでも、いつもと違う道を歩きたいと思いながら。

——そんな思いで、〝やっとこさっとこ〟書くことができました。

〈三百六十六詩『覚む録』〉です。

行く先々の、皆様のおかげさまです。

ありがとうございました。

甲斐の、村の小学校にかよっていたころ、だいすきだった中川真先生がおっしゃったことば、〈われいがい、みなしなり〉。

「そうですね、先生。自身以外は、みんなせんせいですね。」——これからも、ずっと忘れないで進みます。

とても、とてもご多用ですのに、こころ籠めて、このように丁寧なご高文を〈巻頭言〉にお書きくださいました武子和幸先生。今回もまた、ありがとうございました。

前回、詩集『裏富士』で、献身的に全力で制作・編集してくださいました株式会社・東方社代表の浅野浩先生には、今回も格別なご高配とお手数を頂き、篤くお礼申し上げます。

この詩集をお読みくださったかたがたに、心ふかくお礼を申し上げ、日日のご健康をお祈りいたします。

中村吾郎

―追申のように―

お忙しいところ、大切なお時間をついやしてくださり、重ねてご高文をお書き戴きました武子和幸先生。懇切丁寧に、多数の原稿を見事に活字化してくださいました浅野浩先生。

誠に、ありがとうございました。

体調の都合で、私の仕上げが後れまして、申し訳ございませんでした。

著者略歴

中 村 吾 郎（なかむら ごろう）

山梨県東八代郡（現在、笛吹市）生まれ。

村立（現在、町立）一宮小・中学校で学び、同郡境川の玉川玉堂師の許に通う。

東山梨郡井尻ご出身の土橋治重先生の薫陶を受ける。

のち、日本詩人クラブ、日本現代詩人会、日本ペンクラブ、山梨県詩人会へ推薦していただく。以後、多くの詩人・作家のかたがたの作品に学び、今も、新たな創作の日日に向かって進んでいる。

詩集　覚《さ》む録《ろく》

2021年 7 月30日　初版第 1 刷発行

著　　者　中 村 吾 郎
発 行 者　浅 野　　浩
発 行 所　株式会社 東 方 社
〒358-0011　入間市下藤沢1279-87
電話・FAX　(04) 2964-5436
印刷・製本　株式会社 興 学 社

ISBN978-4-909775-05-4 C0092 ¥2500E